戦場の漂流者
千二百分の一の二等兵

半田正夫［語り］
Handa Masao
稲垣尚友［著］
Inagaki Naotomo

◎弦書房

装丁＝毛利一枝

〈カバー表・写真〉
鹿児島県トカラ諸島の中之島東区から
南隣りの諏訪之瀬島を望む（本書六二頁参照）

〈カバー裏・写真〉
中之島電話局備え付けの通話時間計測用のストップウォッチ

〈本扉写真〉
中之島山中の直線道。語り手が復員後に入植した開拓地
――荒川健一撮影

目次

Ⅲ　それでも人一倍元気やった……71

Ⅳ　空の飯盒を離さない死にゆく兵……109

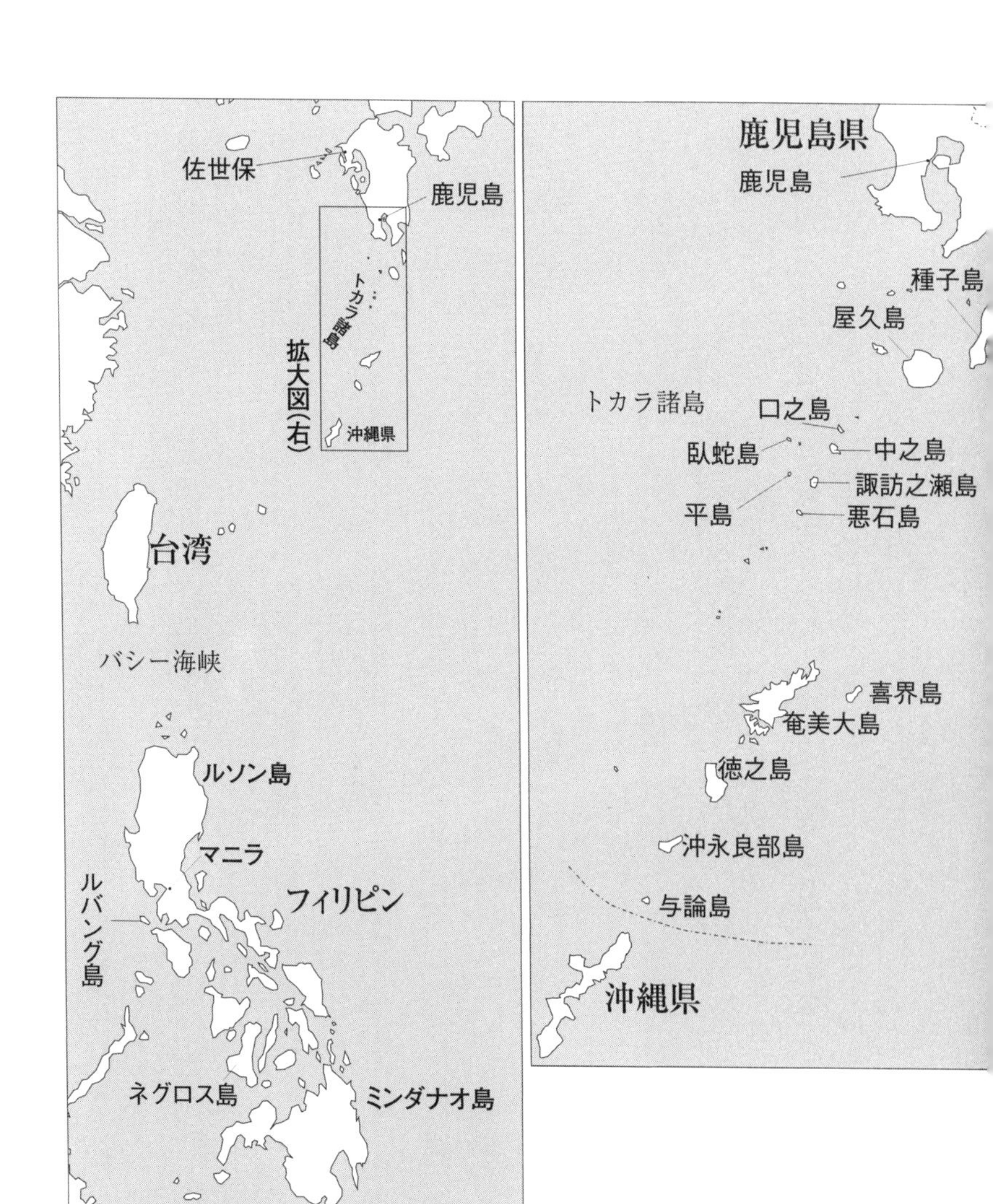

本書で描かれる南洋の島々

はじめに

この本文の語り手である半田正夫さんは何回となく繰り返している、「人間の運ちゃあ、わからんもんですよ」と。語り手は太平洋戦争末期の昭和十九年に、船舶工兵として、（海軍ではなく）日本帝国陸軍に入営した。ほどなく、八千五百トンの輸送船に乗せられて、フィリピンへ向かう。途中のバシー海峡で米軍の魚雷攻撃を受けて、三千五百人の同乗兵が漆黒の海原に投げ出される。大船の甲板を洗う大時化のなかで、次々と兵は命を落とすが、半田さんは甲板から落ちてきた板に摑まって漂流する。板には三人がしがみついていて、三日目の夜中に、無灯火で漆黒の海原を駆けてきた駆逐艦に、偶然に発見、救助される。その駆逐艦から別の船に移って近くの島へ向かう途中で、またしても魚雷に沈められた。そのときも救助され、ルソン島の浜辺に下船した。それ以降は、奇跡の連続で命を繋いでいる。上官に、「お前は千二百分の一だ」と渾名を付けられたほどである。同期の船舶工兵が千二百人いた中で、数少ない生存いる。

兵であった。語り手は一九二二年（大正十一）に生まれ、二〇一四年（平成二十六）に他界している。

当時、日本本土からの軍事輸送船は米軍の力の前に航行が不可能になり、また制空権も米軍に握られている。それだから、兵が戦死しても補充兵が送られてくることはなかった。行動を共にした隊内の兵の動きもわからない。兵の消耗が激しくなると、編成替えをしてその場をしのぐ。しかし、万年二等兵の半田さんは、戦況がどうなっているか、何人が生存しているのかを知らされることもなく、ひたすら最下層兵として命令に従って動いていた。

半田さんが出征した一九四四年の日本軍は負け戦（いくさ）の連続であった。軍部は活路を見出そうとして、ルソン島の残留兵士をビルマ（現、ミャンマー）へ移動させる戦略を立てる。その地からインドのインパールへ侵攻するのが目的であった。主力部隊が結集しているマニラ沖は、すでに米軍に包囲されているから兵員輸送船団が近づけない。兵は長途の山中を徒歩でルソン島の北端へ向かう。着いてみると、ここの海岸線もマッカーサー率いる米軍が海上を封鎖し、上陸を開始していた。やむなく内陸深くに後退する。弾薬の補充も満足に受けられない、じり貧の戦闘集団であった。また、後方支援が受けられないから、食べるものもない。弾の撃ち合いもないのに、兵がバタバタと倒れた。死因は餓えと疲労からであった。そんななかでも半田さんは生きていた。

　半田さんの半生には、個人の経験の多様さだけではなく、日本近代史の陰の部分が濃密に凝縮されている。本書は、鹿児島県十島村、俗に言うトカラ諸島のなかの中之島（なかのしま）に暮らす、齢八十を越えた半田さんから二〇〇六年以降、二〇一三年の間に飛び飛びに聴きとった話である。

　聴き手である筆者が半田さんと最初に出会ったのは、一九六七年であった。太平洋戦争が日本軍の完敗に終わってから二十二年が経っていた。わたしが二十五歳になる直前のことである。その時の半田さんは多忙をきわめていて、兵役時代を振り返る余裕などなかったのではないかと推測する。四十代半ばで、開拓農家組合の先頭に立ってサトウキビ栽培に精を出していた。また、村会議員としても活動していた。

　中之島は鹿児島県トカラ諸島の中ほどにあり、奄美大島や沖縄諸島の北になる。種子島や屋久島の南に位置している。その時、わたしもたまたま同島にいて、路銀稼ぎのために製糖工場で働いていた。わたしは、半田さんがその工場に農地で刈り取った黍を持ちこんで来たときに、短い会話を何度か交わしたことがある。ゆっくり話す機会もなかった。

　わたしは二十二歳になるまでは、東京の大学に通っていた。ひたすら学内の図書館に通い、外交官試験に備えていたのである。若くして他界した父親が外交官であったというだけの理由で、自分もその道を歩もうと考えていたに過ぎない。しかし、こころざしらしきものを持っていたわけではないから、試験勉強に熱が入ることはなかった。ある早春の夜、図書館の閉館に合わせて外に出て、愛用の自転車に跨がって下宿を目指した。武蔵野の広いキャンパスは深い森に囲まれていて、闇の向こうから春を告げる夜風が全身に軟らかく吹きつける。館内のくぐもった空気から解放された直後だけに、気持ちまでがほぐれていく。そのとき、背後から軽音楽バンドの演奏が流れてきた。「そうか、今日は学生会館でダンスパーティーが開かれているんだ」と思い出す。にわか仕立ての紳士淑女たちが楽しそうに踊っている姿が瞼に浮かぶ。流れてくる曲はレイチャールズの「愛さずにはいられない」であった。レイチャールズ特有の太くて甘い歌声が、次第に遠ざかっていくと、フッと何か鬱屈した感情が身体の奥底から吹き出してきた。その瞬間、わたしはサドルから腰を浮かして、ハンドルを握る腕は硬直し、あらん限りの力でペダルを踏んだ。全ての鬱屈を吹き飛ばしたいと思ったのか、猛スピードで闇を突きぬけて行った。

　わたしは図書館通いをあっさり止めた。何をすればいいのか分からない不安を抱いたまま、学校も辞める。さしあたって、自分がしたくないと思ったものには手を出さないことにした。素直な気持ちになれたのは歩いているときだった。ひたすら歩いた。市街地よりも脇道へ好んで入っていった。何日も歩いた。一日に四十キロ歩いたことも稀ではない。後戻りする考えはなかった。

初めのうちは背中に自炊用具を負っていたが、いくらもしないで、着替えのシャツ類だけを持ち歩いた。路銀は道々で稼ぐことにした。車に乗ったり、列車に乗ったりすることも考えない。無我夢中で歩けば、頭の中が空っぽになり、何も考えないで時間がつぶせると期待したのである。それほど、先行きが見えない不安に駆られて、愚にもつかない考えが頭の中で空回りしていた。ただ、道々で出会った人たちと会話するとき、気持ちが不思議に落ち着くのだった。遭う人とは、野良で働く農夫であったり、路傍で遊んでいる子どもであったり、小銭稼ぎで働いた現場の人夫であったりした。そんな人たちの声には、真正な何かが潜んでいるように思えたのだ。当たり前のことであるが、図書館でにらめっこしていた文字群のなかからは見つけ出せない何かがあった。わたしは短兵急にも、「そうだ、文字から一番遠い世界に身を置こう」と決める。そうした考えの延長上に南の島があり、中之島の製糖工場があった。

初めての出逢いから三十九年経った二〇〇六年に、突然の電話連絡が半田さんから届いた。そのとき、筆者は島から遠く離れた関東の山村で竹カゴを編んで暮らしを立てていた。

「もしもし。ナオ（筆者）？　元気なあ？　あんたを知っとる人が中之島に来とるんよ。あん

たの噂しよったところやった……」。そのころダイバー向けのペンションが中之島で開業した
のだが、その経営者がわたしの友人であった。半田さんが筆者の友人と話しているうちに、何
かの拍子にわたしの名前が出たらしい。半田さんがわたしに連絡を入れた動機は、わたしへの
懐かしさもあったろうが、それればかりではなかった。
「もっと早ように、あんたに会うとれば良かったたっち、今、思いかたやった」
わたしは、突如として耳に入ってきた島コトバに触発されて、半田さんを目の前にしてい
る親しさを感じた。同時にその語調からは、〈今となっては手遅れであるが、早くにあんたに
語っておけばよかった〉という悔恨のようなものが感じ取れた。話し好きの半田さんは、島外
から訪ねて来る人に自分の半生記を語ることもあった。話の内容の一部を月刊誌で目にしたこ
とがある。インタビュアーが文末に、「この人の話をもっと聞きたい、いや誰かがしっかりと
聞き取るべきだ」と力を入れて書いていた。わたしは、そんな記事を思い出していたのだろう
か、「半田さん、今からでも遅くないよ」と、あとさきを考えずに応えた。文字から遠い世界
へ誘われていたはずのわたしが、その後、島の人と文字を共有したいという欲にかられて、自
分で孔版原紙を刻み、自分で謄写印刷をし、たこ糸で綴じて島々で世話になった人に送り続け
てきた。だから、半田さんの半生を聞きたいという欲も、そうした下地があったから、すなお

に湧いてきたのだろう。

それから数年、ペンションを経営する友人が宿泊と三度の食事を申し出てくれて、中之島通いが始まった。年に一度、ないしは二度、列車と船を乗り継いで島を訪ねた。話を聞いていて驚いたことは、前回と同じ場面の話になると、細部の内容は当然として、語る語句のひとつひとつが全く同じであった。「この人は間違いない」とわたしは確信した。作り話では生まれようのない迫力に、毎回圧倒される。それは出征兵として過ごした時以外の話の場合でも同じである。半田さんが、自身の身体に刻んだ記憶を頼りに語る自分史に、わたしは食い入るように聞き入っていた。話の中で使われているコトバや、逆に使われないコトバには半田さんの特異さが端的に表れている。

半田正夫さん（左）と著者（トカラ諸島中之島港で）
――荒川健一撮影

ただの一度だけであるが、戦後の収容所暮らしを「楽しかった」と表現している。勝ち目のない戦地で逃げ廻る日常を「哀れなもんですよ」と回想しているのだから、二度と戦争などに征きたくないと言い切る人である。必ずしもそれと平行しているとは言えないが、天皇を戴く帝国陸軍の兵としての教育を受けた人であるが、「天皇」のコトバは一度も出て来ない。「戦いに負けた」の表現が二度出てくるが、「敗戦」の語も使われていない。「終戦」はある。同じ理屈からなのだろうか、「収容所」の語は吐かれても、「捕虜収容所」は一度も口にしなかった。「捕虜」は一度だけ使われている。つけ加えておくと、「戦友」も出て来なかった。それらの用語選択こそ語り手自身の表現法である。だから、語り手の奥底に潜んでいる思考を捉えたいと思うなら、一語一語を分析する前に、まずは丸ごと呑みこんで、その後に噛み砕く必要があると考えた。わたしが求めていた「文字から一番遠い世界」のコトバがそこにあるような気がするからだった。

【凡例】

文中の括弧内のコトバは、前後の文脈を把握しやすいように、筆者が加えたものである。それは補足のコトバであったり、語句の意味をよりわかりやすくするための注釈であったりする。また、なるべく本人の語り口を残すよう心がけた。今では不適切と思われる言い回しもあるが、ほとんど修正は加えていない。半田さんの「生の声」を大切にしたいという想いが優先したからにほかならない。

I

わたしは学校が嫌いです

1　大牟田生まれの与論育ち

兵隊に征ったときの話ですがねえ……。

わたしは大正十一（一九二二）年の十二月十六日生まれで、福岡県の大牟田で生まれとるが、小学校に行かんうちに産みの親は亡くなっとる。そのときは弟（沖順之助）がひとり、五つ下に居るんじゃが、母親は弟を産んですぐに亡くなった。

生みの親は三人姉妹で、その叔母ふたりが同じ大牟田に居ったので、そこに居ったです。上の叔母にも同じ年の女の子ができたもんじゃから、わしの弟とふたりにおっぱいを飲ませよったが、やっぱり足らんでねえ。わしの親父は外国航路の船に乗っとって、いわば、当時のサラリーマンじゃから、金を送ってきとったから、（死んだ母親の親、つまりわしの）ばあさんが練乳を手に入れてそれを飲ませて育てたらしい。

わしが記憶にあるのは、敷居の上の欄間に練乳の空き缶がズラーッと並べてあったのを覚えとる。親父が帰ってきたときに、こうして赤子を育てた、ていう証拠を見せたかったんじゃろう。弟は体が弱くて、病気ばっかりして、うちの親父が再婚したときは、「父親が帰ってくるまでに、おそらく、あれは死んどるやろう」ち（と言っていた）。

親父は外国に行っとるから、顔を見たこともない。わたしが初めて見た（会った）のは小学校二年生のときで、親父が大阪で再婚して、わしら家族を親父の故郷の与論（よろん）（奄美大島群島のなかの与論島）に連れて行くて言うて、大牟田に来たときですよ。そのときは弟も元気にしよった（笑）。

母親になる人も再婚で、子どもがふたり居（お）って、わしよりも五つ上の男の子と三つ上の女の子で。本人は大阪の東洋帆布株式会社に入っとって、何百人て居る女工さんの監督をしよったが、親父と一緒になって辞めて、福岡の大牟田まで来て、わしらを与論に連れて行った。そんなわけで、わたしは与論の小学校を歩く（通う）ようになったわけですよ。

（わしには）産んだ親、育てた親、後に養子に入った家の親がおる。その名前がマツ、タケ、ウメ（松、竹、梅）の三人で、おそらく日本でわしひとりじゃろう。今、そんな名前付ける人居らんからねえ。

六年生のときにパラチフスがはやってねえ。腸チフスに似た伝染病ですよ。弟とわし、ふたりとも罹（かか）った。そのとき、わたしを育ててくれた親、親父が再婚した相手は、いま考えれば、びっくりするような人でねえ。当時、体温計などあんまりなかった時代に、体温計で兄弟の体を看てチフスを治したんじゃから。看護婦も居らん時代に、島じゅうの人の養生もしてあげてた。感心な人でした。

わたしが治ったときには体の毛は熱でやられて、丸坊主やった。そのために二ヶ月学校を休んで、それで学校が嫌いになってしもうた。二ヶ月も休んどるから、勉強がわからんわけですよ。ひとつわからんところがあると、こういう性格じゃから、「えい、もういいが」ち（という）気持ちになって、それでやる気がなくなった。それでも、小学校は卒業して、高等科へ通うたですよ。

半田正夫さん（トカラ諸島中之島で、2007年）
——荒川健一撮影

与論には小学校が三つあって、わたしが通っておったのが那間(なま)小学校で、他に、茶花(ちゃばな)小学校と与論小学校があって、高等科があるのは、昔からある与論小学校だけでねえ、そこまで通いよった。三校の卒業生が一緒になるんじゃから、そこで初めて与論の同級生ていう者を知ったわけねえ。親しい友だちもできた。クラスはイ組、ロ組、受験組てあって、上の学校に行くやつは受験組に入った。わたしは、やっぱり受験組の方に入っとったんだけど、結局、嫌気がさしたもんじゃから……。パラチフスに罹らんかったら、違う人生を行ったかも知れん。

やっぱり、パラチフスに罹った同級生がいたが、頭はとびきり良かったんだけど、体中がカサだらけで、教室の中でも皆にうつったらいかんということで、その男だけ一番後に座らされて。ところが、その男が、カサが原因で、兵隊にも征かずにして、後には広島の高等師範学校に行って、原爆が落ちたときは、たまたま四国に遊びに行って、助かっとる。未だに元気で、大学の講師か何かしとる。

わたしがパラチフスに罹る前までは成績は良い方で、四十人近く居ったクラスで五番以下に下がったことはなかった。勉強はせんでもね。だから、父親は、何とかしてわしを上級の学校に出そうと思ったんでしょう。親父は船に乗って、あちこち広く知っとったから、「こういう所に居ったたちゃ、ダメやから」て言うて、わしが高等科二年の半ばのときに、わしを神戸に連れて行って、学校に出すて言うて、わしが長男じゃから。

弟は与論のじいさん、ばあさんの元に預けたまま、わしひとりが親父とおふくろに連れられて神戸に行ったが、「わたしは、学校は嫌いです」て、親に反抗して、学校には行かずに、仕事に就くことにしたんですよ。母親の連れ子の義兄が入っとった会社に入って、日当が六十銭やったのを憶えとる。義兄（が入ったとき）は五十五銭で入っとった。五歳年上じゃからねえ。

この人はいい人でねえ、兵隊に征くまでは同じ職場に居ったが、征った、ち思うたら、すぐ戦死して、中国で。義兄は征くときに彼女が居って、結婚する段取りになっとったが、いわば、後家が残る形になって、非常に気の毒に思うて、あれを見たときに、自分のことも考えたなあ。

与論で一番の親友がふたり、わしを頼って同じ会社に入ってきて、三人が一緒になってねえ。ふたりは従兄弟同士で、弟の方がわしの同級生で、年がわしよりもひとつ上だったのか、わしが遅生まれだったからか、一年先に兵隊に征って、征ったらすぐに行方不明になって、どこに居るかわからんごとなった。後で聞いたいろいろの話を総合してですね、その男はあまりにも厳格な男やったから、終戦になって、中国で取締を受けたとき、何かあったんではないか、て考えた。向こうには日本の兵隊がいっぱい居ったんじゃからねえ、何かあったんじゃろう。最終的には戦死という形になっとった。

与論から神戸に出てきてから、従兄弟の一方は結核になって、わしが面倒看て、病院に行ったら、肺に水が溜まって、洗面器いっぱいの水が出て、青うなってですよ、それで、わしが会社を休んで、与論まで連れて帰るて言うたら、「そこまではおまえの世話にならんから、もう、それだけは止めてくれ」ち。「どうにかして、ひとりで帰るから」て。ガリガリに痩せて兵隊にも征かず、与論に帰った。

当時は、与論の学校出たら、皆、大阪や神戸あたりに行っとるんですよ。与論あたりの無菌状態のところから、都会の、空気の悪い所に行ったら、十人が十人、肺結核でやられて、死んだ人が半分居った。治療薬もない時代ですから。それで、わしが一番心配したのが、その病気にかからんやろうか、て。兵隊に入る検査が近くなったら、ちょいちょい医者に行きよったんじゃから、日ごろ何ともない者が。もし、かかってたら、早よう治さないかん、て。それと、虫歯があれば歯の治療をして、征ったときに不自由のないように、それだけを気にかけよったですよ。自分の性格が慎重であったかどうかはわからんが、そういう国民感情だったから、兵隊に征くのが男だと。第一がそれなんですよ。

結核でやられた友だちの、親父(おやじ)方のじいさんの弟が分家もせずに居て、やっぱり、じいさんと一緒に暮らしとったらしいんじゃが、その弟の方のじいさんが、「自分の分け前の土地を売ってでも、この子を何とかして治す」て、それだけ看病にはまった（一生懸命になった）らしい。与論では無理やから、沖縄の大きい病院に連れて行ったりして、そして、元気になった。結局は、本人にそういう運があった、ていうことでしょうねえ。

わたしの言う運、不運ていうのはですよ、そんな（弱い）者は徴兵検査には通らんわけでしょう。兵隊には行かず、それが元気になって、頭が良かったから、与論の役場に入って、定年退職したときには、村会議員にも一期なった。わしにその男が言うには、「自分は役場に勤めたけれど、議会になったら議員にいじめられて」て、言うわけよ。そうしたら、当時、わしは十島村（鹿児島郡十島村）で議員をしとったから、わしのことを思い出した、て。わしに、「おまえは議員をして、役場の職員を……羨ましかったが、自分は議員を一期やったけど、後は後輩に譲って辞めた」て、言いよった（笑）。

いまだに与論で元気にしとるですよ。元気なものがコロッと死ぬ。絶対見込みがないていうヤツが生きる。そいじゃから、運というものはわからんもんですよ。神さまもわからんのじゃないかなあ（笑）。

神戸で何の会社に入っとったかて言うと、むかしは、万年筆はエボナイトで作っとったが、エボナイト、ベークライトていうて、電気の絶縁関係に使うものを作っとった。「板倉エボナイト製作所」ていうて、二十人ぐらい居った。神戸は葺合区（現、中央区）の海寄りに脇浜ていう小学校があって、その裏にあった。通勤途中に、ダンロップていうゴム会社があって、大きな会社だったですよ。

いまでも、沖電気ていう会社があるが、あすこから、一週間か二週間に一度は必ず偉い人が来て、仕事の注文を持って来よった。そこの仕事は是非ともやり遂げなければならん、ていうて、わしらは一生懸命やりよったですよ。今みたいに、いろんな物が型でできる時代やないから、大きな物をバイトという切削工具で切ったり、削ったりして作らなければならん。むかしからの伝来のロクロを使っとった。そのロクロも、仕上げは、足踏みロクロを使いよった。機織り機に似てて、ベルトが連動していて、座った姿勢で右足でペダルを踏めば右にロクロが回り、左足で踏めば左に回る。右回転では外側を削り、左のときは内側を削るわけですよ。最後の仕上げは足踏みでなければ、正確な品物はできなかった。

特殊な仕事やったから、神戸に駆逐艦や、何か戦艦が入港したら、「何日までに作れ！」て、指令がくる。だから、技術のある者ほど、遅うまで仕事をせんならん。職業の手帳には、「非金属機械工」て書いてあった。

2 おまえの銃剣術は四段以上じゃ

初めは、えらい難しい会社やなあ、て思うたですよ。会社に勤めながら、時期が時期やから、義務で青年学校にも行きよったわけ。青年学校は、日曜以外の夜六時から九時まであった。会社は七時まで皆が残業するんやけど、わしらはどんなに忙しくても、五時の定時になったら、ピシャッと止めて、学校に通いよった。

青年学校では、神戸から出発する訓練がいろいろあって、日本海側の天の橋立まで歩いて行ったりして……。あのときはえらい目に遭いましたよ。神戸はあんまり寒い所ではなくて、雪もあんまり降らんのやが、三月十日、昔の陸軍記念日に山を越えて行った。鉄砲担いでの行軍で行くわけやが、大江山近くになったら、雪が降り出して、頂上に登ったころは、何と、雪が一メートルぐらい積もった。初めての経験で、とにかく寒くて、いや、寒いんじゃなくて、痛いんですよ。訓練じゃから、先頭を交代しながら行きよった。わたしが交代になったときに、山の上だった。こういう坂でしょうが、わたしが尻に付けて上の方から見とったら、隊列が曲がりながら行っとった。今度はこっちに蛇行したかと思うたら、また、戻るようにして曲がって行く。上から見たら、近い。……雪というものを知らずに、「ええ、あんなにして難儀して回り道して行くよりも、わしは、転んでこっちから行けばすぐじゃが」て……。何と、横になって転んで行こうとしたら、ボックリ雪の中に入ってしもうた（笑）。

行軍の連絡はしとったから、麓の学校では庭に焚火をして我々を待っとった。飯を準備してねえ。地元の人たちはそういう寒さに慣れておるんじゃから、生徒に言うには、火は焚いとるんじゃけど、手足をしっかり揉んでから、中に入ってご飯を食べなさい、て言う。ところが、こっちは腹は減ってるしねえ、テゲテゲ（いい加減）で、揉まずにして入ったら、指が三本動かんで、箸が握れんわけ。仕方がないもんじゃから、こうして、箸を杖をつくようにして握って、飯を掻きこんで食うた。寒さの経験は一度だけ、あすこの山でしたですよ。

青年学校ではいろんな訓練があるんですよ。ひどいときには、田んぼの、米がやがて刈れるという田んぼで、軍事演習をやる。やがて刈れる田を通って行かないかん。あれには、せっかく農家の人が作ったのに、て……。その当時の軍の勢いていうものは、そんなことなんか問題にせんから、あんまり良い気はせんやったなあ。

青年学校では、神戸で一番まじめな生徒で（笑）。いろんな訓練に全部参加した。そうしたらメダルをくれる。いっぱい貰うてねえ、青年学校の制服を着て、兵隊の服とは違って、国民服みたいな制服があって、精勤賞が肩に、皆勤賞がここに（腕に）、メダルをいっぱい胸に提げて、神戸の街を歩いておったら、若い連中が敬礼するんですよ。それだけ、まじめだったということ（笑）。

宝塚とか甲子園には何回も行きましたよ。甲子園なんか、とにかく広くて、向こうの先は見えんのだが、そこで銃剣術の試合とか、剣道の試合とかがあれば、歩いて行きよった。いっぱい人が来とるから、グランドのあっちこっちで試合をしとる。

いっぺんはグライダーを飛ばす訓練に行ったことがある。あすこにはグライダーが一機あって……。考えてみたら、いろんなことをしたもんじゃ。それで、いま、甲子園で野球をしとるのをテレビで観れば、昔はあすこに何回も行ったんだが、て（笑）。そこに訓練に行ったら、賞与は電車賃の一週間分。当時、確か七銭だったと思う。神戸市内はどこまで乗っても一緒だった。

休みの日に何をしたか、ていえば、映画をよう観に行きよったですよ。考えてみたらわたしは横着でねえ。当時、映画は大人が二十銭で、学生が十銭だったですよ。体は小まい方だったから、仕事をしとっても、小学校の服を着て、十銭で入りよった。安い映画館に入って、三回ぐらい観る。封切り館は高かったから入らん。それも、わたしが居る葺合から映画館のある新開地まで、だいぶあるんだけど、歩いて（笑）。映画はよう観ましたよ。

また、わしは読むことが好きでねえ、新聞は何紙もとって読んでたし、『講談倶楽部』なんかも定期購読しとったですよ。雑誌、歴史書、法律が好きで、六法全書も持っとった。新聞沙汰で、罪を犯した者の刑が何年て、そういう点に興味があって、全書を開くんですよ。

青年学校にあんまりまじめに通い過ぎて（笑）。……最初は剣道をやりよったんだけれど、どうせ自分は兵隊に行っても将校にはなれんから、せめて銃剣術の腕を磨こうて思って、銃剣術の方に代わった。大学出は一年足らずで将校になるが、自分はそういう学校を出てないから、下からたたき上げて行かんならん。たたき上げても、少尉にまで上がるていうことは、ほとんどないから。准尉のことを、昔は特務曹長て言いよったが、それが一番の出世でしょう。少尉になるていうのは、わしは聞いたことがない。将校になれば剣をさげとる。兵隊は鉄砲しか持ってない。結局、銃剣術しかない。それで、剣道を辞めて、銃剣術に移ったわけですよ。親父が進学を勧めたのを断ったが、それを後悔したことはない。自分が嫌じゃ、て思うたときには、もう、徹底しとったからねえ。

銃剣術の教官は、陸軍戸山学校出身の退役中尉で、四段の人が居ったですよ。戸山学校ていうたら、陸軍の一番の所だったから、たいした腕だった。初めは全然相手にならんかったが、わたしは、若いだけあって、終いには、ほとんど同格にやりよった。逆に、ひっついたら、わしが足払い掛けたりして、その人を倒してねえ。最後には、わしの方が勝っとった。その人が言うには、「おまえは、実力は四段以上ある」て、言うて。

その教官の下に、教練を指導する軍曹が居った。銃剣術の試合になったら、わたしに、「おまえ、適当にやっとけ！」て、言うわけですよ。それで、わたしが生徒の相手をしよった（笑）。

銃剣術と剣道の違い、これは当時の風潮の違いもあるでしょうが、剣道は撃ち合いしてるときに、さがってでもやるが、銃剣術は、さがっては突かないんです。兵隊はさがって突くもんじゃない、ち。あくまでも前進、前進で突くもんじゃ、ち。それで、おもしろいことに、銃剣術なら問題はなかったんだけど、剣道の試合が神戸であったんです。神戸に八つある各区の青年学校の対抗試合があった。わたしは武道部長やった（だった）から、剣道は辞めてたけれど、わたしが大将で試合に行ったんです。

ところが、相手の主将は二段だった。わたしがどうしたか、ていうたら、（わたしには）剣道のように「さがってやる」という考えが抜けてしまっておる、「ただ、前進のみや」ち、銃剣術の癖がついとるから、これではやられるのが決まっとる。相手の二段の大将が出てきたときに、わたしは構えたまま、全然動かなかった。相手はしびれを切らして、剣を振り上げようとしたときに、そのまま、小手を一本、ピシャッと決めた。そういう笑い話もある。

当時の在郷軍人会は年に一回、神戸で対抗試合があった。「おまえ、上等兵の資格で出れ！」て言われて、出されたこともあるですよ（笑）。

わたしがインチキしたのは、青年大会で相撲があって、そのとき、神戸には区が八つあって、八つの区から代表が出る。龍郷（たつごう）（奄美の大島郡龍郷村）出の友だちが居って、同じ会社で働いて居るんじゃが、住所が違うから、青年学校も違っとった。その友だちが、「おまえ、わしの区の学校の生徒になれ」て言うて、団体優勝して、個人はわたしが優勝して……。相撲も得意だった。

3　神頼みをしない宮本武蔵に

わたしの兵役検査は、昭和十八年（一九四三）に神戸の湊川神社でやったんですよ。そしたら、試験問題がふたつ出た。ひとつは「犬と猫の画を描け」と、もうひとつは「傘の骨は何本あるか」て。それでね、わしが何て書いたかていうと、「傘にはいろいろある。コウモリ傘か番傘か、傘を言え」ち。それが返事やった（笑）。犬と猫は、片方は耳が立って、片方は耳がたれている……。甲種合格やった。

その当時は、国防婦人会、愛国婦人会ていうのがあって、甲種合格した者が並んで、婦人会の連中から、「おめでとうございます」て祝いのコトバをかけられた。検査に通らん者は人間扱いじゃないんやが、ほとんどが合格やった。

与論で学校を歩いた（終えた）んだけど、本籍が福岡のままになっとるから、同級生は居らん。で、兵隊に征くときでも、全然違う部隊にやられる。今ならどこからでも来る時代やけども、当時は、福岡から神戸に出てきてる者は、少なかった。

わしが兵役検査に合格したら、会社の社長がこう言うた。

「現役兵で征くんやから、どうしようもないなあ。これが、召集兵で兵隊に征くんやったら、何とでも断りがなる（できる）。特殊な技術を持っとるんだから。軍艦の特殊なものを作る人がいなくなれば、どうしようもないんだから」て。「じゃけど、おまえは国が決めた現役兵じゃから、仕方がない」て、社長が言うた。

いまから先、兵隊に征くんだから、何か技術を持っとったら、征ってから楽をする、て。それで自動車の免許を取りに行った。三泊四日で。当時、神戸に自動車学校なんかない時代に、明石の山奥に小さな試験場があって、各青年学校から（ひとりずつぐらい）、四十名ぐらい行って、免許をくれた。乗ったのは三輪車やった。一般の人が、「あんなことがあるもんかい」て、ブーブー文句言いよったですよ。（免許を）なかなか取れん時代ですから。やっぱり、兵隊に征くということで、青年学校の生徒には免許をくれよったですよ。

令状は「戦車兵」で来とった。さすが、免許証のおかげですよ。当時のはやり歌に、「タンクに乗って、どうのこうの」ていうのがあったぐらいですからね。久留米の部隊の戦車兵ということやったから、大牟田が近いし、喜んでおった。本籍が福岡県になっとった関係で、鹿児島の連隊には行かずに、福岡に入るごとなったわけなあ。

わしが兵隊に征くていうたら、お袋があらゆる神社のお守りを持ってきたですよ。兵隊に征く連中は、千人針じゃ、お守りじゃ、ていうて持っていくが、誰を生かして還すか、神さまはたいへんなこっちゃ（笑）。これこそ運だからねえ。

その前に観た映画があって、それが、片岡千恵蔵が宮本武蔵の役で出とって、決闘に行くときに、途中に神社があったから、神さまを拝もう、ち。しかけて、ポッと止めた。「決闘に行くのに、神頼みはいらん」て。あの場面が非常に印象に残ってですよ、そいで、「そんなお守りみたようなもん、当てにはせん」て、考えた。あれだけたくさんの兵隊が戦地に征くんだが、武運長久を皆が祈る、無事還って来るように、って。神さまはどれを還して、どれを還さんて、神さまも大変じゃ、て。そんなことより、人間は運任せじゃ、という気がその時にハッキリあった。神さまを拝まないていうこととは別で、神さまが大変だろうていう気が先だった。考えてみたら、当時のわしは、ちと、変わってもおったんでしょう(笑)。

徴兵検査に通ってからすぐ、友だちとふたりで、靖国神社の見物に行ったですよ。兵隊に征ったら死ぬんじゃが、死んだら靖国神社に行くのに、それがどこにあるかも分からずにして、迷子になったら困るから、見物に行こうや、て言うて出かけた。

各駅停車の汽車で何時間もかかって行くんじゃが、おふくろが横浜に着くまでの弁当を作ってくれた。配給制度の時代で食糧も贅沢にあるわけじゃないんだが、自分は食べずにして作ってくれたんですよ。が、それはすぐに平らげてしもうて、着くまでに十何回か食堂車に行った。食堂車ていうても、食べ物が贅沢にあるわけじゃないから、そんなに何回も通わなけりゃあ、ならんかったんですよ(笑)。車内を通っては行けんから、駅で列車が止まったら、ホームに降りて、食堂車に行った。そいで、次に止まった駅で、また降りて元の席に戻る。もう、最後じゃ、ち、思うとるから、金を貯める必要もないし……。靖国神社で秋の臨時例大祭があるとかで、東京に行ったって、泊まるところがない、て言われとった。それで、横浜に泊まったんです。

当時の東京はチンチン電車が走っとったから、どこどこ行きの電車に乗って、「次は泉岳寺」て言うたら、「おっ、四十七士の墓を見ようや」て、友だちとポコッと降りたりした。また、どこまで乗っても乗車賃は一緒やったから。わたしは神戸に居ったから、電車に乗るのは慣れっこだった。靖国神社には東条英機の寄進した餅ていうのが、こんな大きなのが飾ってあった。餅なんかそこらへんにはない時代ですよ。

「日光を見らんうちはけっこうと言うな」ていう諺があったわけよ。それと、東照宮には左甚五郎の彫った眠り猫があるて聞いとったから、見物に行ったですよ。陽明門の欄干に猫が居った。その猫を見たらバカらしゅうなって、「なんじゃ、こんな猫が有名な左甚五郎か」ち、こういう考えしかなかった。ところが、団体客をそこの案内者が連れて行って、講釈しよった。ふたりは猫を見て、「こんなもんか」て言うて帰ろうとしたときに、講釈が始まった。ちょっと聞いたら、その案内者が、「なんじゃ、こんなもんか、と思うかもしれんが、寝てる猫じゃけど、どこでもいいから、針の先で突いてごらん」ち。「パッと飛び出して、逃げて行く」。

そう言われて、ほんとに寝とる猫が、油断も隙もない、戦って出て行く。そういうふうに見えて、「ああ、これが左甚五郎の彫り物か」て、驚いたです。説明聞かんうちは、なんじゃ、て思うとった。

4　段々畑にビックリ

神戸に帰ったら、四国から姉さんが出て来た。わたしのおふくろの親戚の子で、わたしより、四つ、五つ年上の人だったから、わしは、「姉さん、姉さん」て、呼びよったが、その人が四国の愛媛県に居って、県の一番南の、高知県との境の船越（南宇和郡愛南町）ていう所に嫁に行っとった。台湾に行っとったときに知り合った男と一緒になって、男の実家に帰って来とったんでしょう。男は十五人兄弟の末っ子で、船大工の棟梁やったもんやから、兵隊じゃなくて、徴用されて、南方に征っとるんですよ。そしたら、征く途中で、乗ってた船が魚雷でやられて、本人は怪我をして、東京のどっかの病院へ入っとった。

その姉さんは、おふくろを頼りにして、まず神戸に寄って、そこから東京に見舞いに行くちゅう（行くって言う）わけね。そうしたら、おふくろが「おまえみたいな田舎者が、噂の東京なんかに行ったたって、勝手も分からず、何もできん。わたしが付いて行く」て言うて、その姉さんを連れて東京に行った。

帰ってきてから、戦争中で食べ物があまり無いときでね、姉さんが「四国の田舎に行ったら、魚でも何でも食わすから、行こう」て、わたしを誘うた。入営するまでの日にちがあったから、それで、付いて行ったんですよ。神戸から船に乗って、ズーッと港みなとに着けて、今治にも寄って行った。地名はいろんな読み方があるからねえ。イマハル（今治）て書いてあるのを、イマバリて読みよった。長崎のサセホ（佐世保）も同じで、地元ではサセボですねえ。

今治までは大きな船で行って、そこから先は小さい船に乗り換えて、港みなとをグリグリ回って、端っこまで行った。何日かかったことか。とんでもない田舎で（笑）……すぐ先は、もう、高知県で。こんな傾斜地で、漁師ばっかりの村やった。百姓するていうたら、そんな山に、幅一メーターぐらいな畑が、段畑（段々畑）ていうヤツがあるだけ、ビックリした。わたしは百姓は平地でやるぐらいにしか考えなかったが、与論では平地ですからね。その代わり、魚は贅沢やった。

そうして遊んどったら、おふくろから電報がきて、現役の召集部隊が変更になったから、急いで帰って来い、て。さあ、困った。船の便がないから、高知県に渡って、そこからバスで今治まで出るということにした。当時はガソリン車がなくて、木炭バスで、あの険しい四国の山越えをしたら、バスが登りきらんで「お客さんは全部降りて、押してください」ですよ(笑)。やっとかっと神戸に帰ってきたら、何と、初めは久留米の戦車隊だったはずが、山口県の柳井じゃ、て言う。柳井の戦車兵ですよ。

5 強運の始まり

お守りは、持って行くふりをして、全部をタンスの引き出しにいれたまま出てきた。お袋が後でわかっても、どうにもならんでしょう。わたしが一本気なところがある、て言うて諦めたでしょう。

当時、柳井は市じゃなくて、町やった。柳井町て言うて。列車から降りて、大きな虎の看板が掛かっとる旅館に泊まった。虎は千里を走って帰る、て言うから、こりゃ、マンがいいて言うて（笑）……柳井の隣りに伊保庄(いほのしょう)ていう村があって、そこに部隊があって、あくる朝、迎えの者が来て、皆を歩いて引き連れて行った。同年兵が百六十何名か居ったです。昭和十九年（一九四四）五月一日、わしが二十歳で、やがて二十一歳になるところやった。

戦車があるだろうて思うて行ったら、海のそばで、岸壁に舟艇がいっぱい並んどった。上陸用の舟艇です。戦車はどこにもない。もう、負け戦だったんですよね。その部隊に来たのが、東北の連中、山梨の連中。当時はテレビも何もない時代でしょ、山梨の山国から入営した連中は、「初めて海を見た」て言うて、いまでは想像がつかないですよね。その男なんか、舟艇に乗せられたら、「舟が動く」て、驚いて、目を回して、クリッとひっくり返ってしもうて（笑）。

そのときの（教官の）説明が、「この兵科は秘密兵科じゃ」、ち。「おまえら、戦車兵で来たが、正式な名前は、船舶工兵じゃ。これは新しくできる秘密兵器を扱う部隊じゃ」て、こう言われて。舟艇の両側に爆弾を付けて、敵艦にそのまま突っこむ……人間魚雷。「その新兵器をいま研究しとるから、それに志願する者は手を挙げ！」て、言われた。

何と、百六十何名かのうち、わたしを入れて、たったの四名しか希望者がおらん。そうしたら教官がわたしを見て、「おまえは長男じゃないか？」て、聞くんです。その時分は長男第一主義ですから。「わたしは弟が居ります」て、「家を継ぐのは心配は要りません」て言うたら、「ええ、そうか」て、褒められたようなわけです。もし、他に男兄弟が居らんやったら、候補から外す考えじゃったんでしょうねえ。

休みに広島に行くでしょう、とてもじゃないが、あんなところに行くもんじゃない、て思うた。こっちは新兵さんでしょうが、広島は師団司令部があったところじゃから、休みになったら兵隊がうろうろしとるわけ。全部、自分らより上ですからねえ、そこを歩くのに、手を挙げどうしですよ。下げて歩いたら、「自分を見らんかった！」て、やられるわけですよ。それが新兵さんの辛いところ。はあ、こんなところに外出して行くもんじゃない、て。ただ一回行って懲りた。

神戸に居るころ相撲が得意やった、て言うたが、柳井で一度、初年兵に相撲を取らしたんですよ。相撲は要領ですよ。反動を利用する。こっちに投げるぞう、て見せかけると、相手は負けるもんか、て力を入れてくる、その力を利用して反対側に投げる。わたしの得意技は、左手が相手の脇に入れば、いきなり、右の方から押すんですよね。向こうは負けずに跳ね返そうとする。その勢いで左から投げたときには、コロッといく。それが十八番やった。

そのときも、初年兵でわしに勝つヤツはいなかったんだが、ところが、古い兵隊で、プロが居ったんですよ。一番下っ端の、フンドシ担ぎみたようなのが居った。体格は良かったですよ。相撲取りであろうが、何であろうが適齢期になったら、兵隊に取られるわけでしょうが。それが居って、「わしの相手する」て言うて出て来たわけです。そのときにわしが言うたのは、「一ぺんなら、わしが勝つ」ち。相手はこっちを舐めてかかってくる、体格が全然違うわけやから。そして、相手は舐めて来た。みごとに倒した。ところが、相手が次は本気になってきて、もう、全然歯が立たなかった、ハ、ハ、ハ……ほんに、プロていうものは怖ろしいもんじゃ、ち、いつも思うですよ。

6　博打打ちのお墨付き

わたしが運がいいて言うのは、それ（人間魚雷への志願）が第一番目やった。希望した四名だけ残って、あとの者はどこに行くかわからんまま出て行った。後で聞いたら、硫黄島に行って、全員玉砕。

そう、そう。運が良かったて言うので、ケッサクなのは、こういうことがあった。皆に認識票ていうものをくれるわけ。小判みたいな形をしとって、番号が打ってある。死んだときに番号さえあれば、名前がわかる。列んどって、番号を貰うたわけ。みたら、タテに棒が、チョン、チョン、チョン、て九つ打ってある。番号ちゃ思わんわけですよ。それで、後ろの者のを見たら最後の一字が「四」とある。「そう言えば、わしはそのひとつ前じゃから、三三三番やなあ」ち。こう思うたわけなあ。票をタテにして読めば、そう読めるわけ。「何じゃ、こりゃ」て、思うた。「なあんじゃ、三三な目に遭うて、六なことはないが」て言うたら、後ろに居ったのは召集兵で、これがバクチ打ちやった。わしの番号を見て、もう、目を白黒して、「おまえは、最高の番号が当たったなあ」ち。こう言うんです。わしは、そのときまで、トランプなんかも、花札のオイチョカブなんかも知らんからな。「三、三、三で、アラシじゃ」ち、その男が言うてね。「七、三のブタでも、九が来ればカブよ」て言うて、九が一番良い数でしょう。

陸軍認識票

札は三枚までは引ける。三と最初に引いて、次にも三を引けば、合計が六になってしまう。九には足らんけど、それ以上引いたら、三が来たらいいけど、四が来たらブタになる。五がきたらインケツになる、て言う。それで、思案六法て言うが、六になったら、次の三枚目はほとんどの人が引ききらんわけ。例えば、初めの二枚が、二と三とならば五になり、まだゆとりがあるから、もう一枚引こうていう気になるけど、三と三で六になったら、もう一回札を引こうていく気にならん。そこで止めるのがおおかたや。だから思案六法ていう。

ところが、わしのは三が三つ揃ってカブでしょう。バクチ打ちが、「そんな揃いカブ、三つが揃ったのを言うんじゃが、これはアラシて言うんじゃて。これは一代であるかなしかわからん、て言う。自分もいままで経験したことがない。まあ、最高の札が当たった」ち（笑）。

新兵器を待っとったが、なかなかできん。とうとう、フイリッピン（注）行きになって、船舶工兵として、佐世保から船に乗ることになった。佐世保では民間の旅館に何日か泊まっとった。佐賀県を跨いだ向こう隣りの福岡県の大牟田には叔父、叔母、その子どもも居ったが、行くのは軍の機密やから、手紙も出せん。そこで考えたのが、差出人の名前を変えて、養子に入った叔父の旧姓と叔母の姓とを混ぜ合わせて、それを逆さにした。差し出し地は佐世保とだけ書いた。投函しているとこを見つかったらたいへんじゃ、ち思うたから、街を歩くときに切手代を持って、通りすがりの人に、「頼むから、これ投函してくれ」て。相手は中年の女の人やった。やっぱり、ある程度は事情がわかったんじゃないですか。引き受けてくれて、それが無事に届いた。内容は、「どっかわからんが、日本から離れて行くから」て（書いて）。

そうしたら、叔母の女の子が訪ねて来たですよ。佐世保市内で、兵隊が泊まっとる宿屋をあちこち探して、何とか探し当てたんでしょうなあ。正式の面会じゃなし、ほとんどものを言うこともなしに別れた。訪ねて来たとわかれば、「どうして連絡したのか」て、やられるからねえ。暗黙の内に、どこかの戦地にやらされる、ていうことは相手もわかったでしょう。

佐世保を出る前に、ひとりの将校がわしらの部隊で訓辞をした。

「もし、戦地に行くときに途中で船がやられて沈んだときに、お前ら、鉄砲はどうするか？」

そうしたら、皆はもう、教育されているんじゃから、「鉄砲は持っていきます」て言うて、皆、これですよ。そのときに、教官が言うたとは、

「万一、やられたときには、鉄砲は諦めれ！」ち。

「助かれば、また、武器は手に入るんじゃ」ち。

「あんな重たいものを持って海に飛びこんだら、とても助からん」

普通では言えん話ですよね。三・八式の銃は重い。でも、とにかく鉄砲には菊の御紋が打ってある。あれを片身（肌身）離さず、が第一番なんですよ。その鉄砲を捨てれ、て言うたのには、感心した。わしらに話したあの将校は経験済みで、先が見えとったなあ、て。もう状況が

悪かったんでしょう。やっぱり、ああいう人が中には居るんですよね。ところが、わしらの部隊だけがその船に乗ったんじゃなくてね、和歌山の船舶工兵なんかも乗っとった。魚雷でやられて海に流れたとき、やっぱり、鉄砲を肩から吊って流れて歩きよるヤツが居ったからねえ。

（注）フイリッピン＝半田さんの発音に準じて表記した。現代表記とは異なる。以下同様。

Ⅱ

人間の運ちゃあ、わからんもんですよ

7　フィリピンへ

一九四四年九月末近く、三十何杯(ばい)かが船団を組んで佐世保の港を出たですよ。どの船も兵隊が乗っとるんやが、わたしらのが一番大きな船で、八千五百トンあった。津山丸ていう船で。船というのは長持ちするもんで、当時の船はほとんど明治時代にできた船やった。石炭船だから、煙突の煙がズーッと水平線まで流れていく。それじゃから、昼間走ったら、絶対に潜水艦なんか見逃しっこない。それで、やられる率が多かった。

それだけの大がかりな船団を組めば、一番船足の遅い船に合わせてでないと航行できん。八千五百トンの船じゃから、外国航路にも行ったたろうし、船足も早かったろう、ち思うんですよ。だけど、一艘だけ先に行くわけにはいかんから、他の船に合わせて走りよった。船団の周りを駆逐艦がグリグリ回って、敵の潜水艦を警戒しながらやから。けど、一番大きい船が、潜水艦の最初の目標になり、危険度は一番高い。

台湾の高雄までは無事に行った。それから出ていくと、フイリッピンとの間はバシー海峡ていうて、海の荒いところで……。八千五百トンの船に三千五百人が乗っとった。ちょっと、想像がつかんでしょう？　普通の天井の高さの部屋に蚕棚にして仕切っとる。頭がつかえるから、こうして、首を折らなければ入っていけない。それぐらいぎっしり詰めんなあ、三千五百人の兵隊は乗れんですよ。トイレはデッキの周りに板を張り出して作っとった。揺れても落ちんようにに囲いをしてあるだけで、屋根も何もない。三千五百人のトイレやから、船べりにズラーッと（笑）……下に落とすだけやから、便所掃除もなしで。

水がない。もう、水の欲しさていうたら、ないですよ。水を何とかして一滴でも飲もうとして……。多くの兵隊がいたから、こんな大きな蒸気の釜で飯を炊くわけやが、そうしたら、釜の下の方から、ポトン、ポトンていうて、しずくが落ちる。それを飯盒で受ける。皆、並んどって、何滴落ちたから交代じゃ、て。それだけ水がない。

不思議なことに、わしの同級生が居った。一年先に中国に兵隊で行った男が居って、ひとつ年上やったが、与論の小学校は一緒に歩いた。わたしが軍隊に入って、ひと月ぐらいしたら、ひょっこり部隊で会って、ビックリしてねえ。「どうした？」て聞いたら、「ケガをして、広島の陸軍病院に入院しとった」て。治ってから、わしらと同じ柳井の部隊に入ってきた。階級はわしよりひとつ上ですよ、もう一等兵になっとった。

その男は家が貧しかったから、イトマンに売られよった。学校は六年が義務教育で、高等科一年、二年は、金のない家の子は行かずに……。沖縄の糸満の漁師に（年季奉公みたいにして）売られてねえ。それは、貧乏でね、親はいないけれども、じいさんとばあさんが居ったから、六年を終えたらすぐ売られて、年季が明けてからは外国航路の船乗りしよったから、船の経験があるわけですよ。

津山丸に乗ったとき、水筒にいっぱい入れた水をちゃんと持っとる。水は一滴も飲まずに水筒を抱えとる。こっちは、船に乗ったとたんにガブッと飲んでしもうた。暑くてしょうがないから（笑）……。

あんまりできの良くない子やったから、そいつをなんとかだまして、水筒の水を飲ませてもらおうとするんじゃが、全然言うことを聞かん。そいつが言うには、「おまえは下（船室）に寝るのがいかん」ち。「いざというときには、デッキに乗っとらんなあ、海に飛びこめんから」ち、さかんにわたしに言うわけですよ。その男は、状況が悪いし、潜水艦にやられるかも知れんから、ていうことを知っとったんでしょうなあ。

わたしは、そんなことを言われたって、聞くもんかいなあ（笑）。「こんなシケにやられたら、助かるもんか」て言うて……。八千五百トンの船のデッキを洗う大時化の海に投げ出されて、

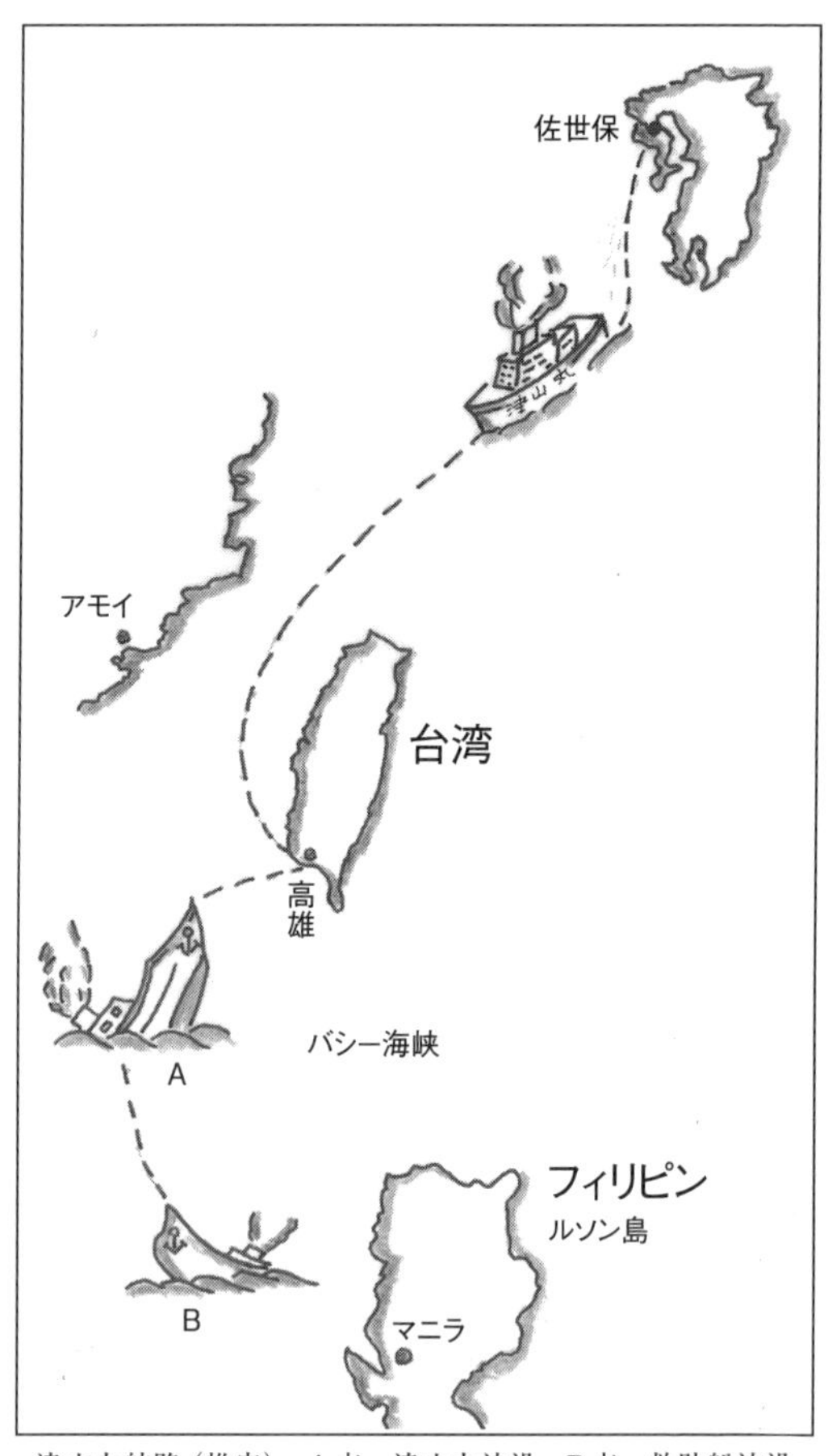

津山丸航路（推定） A点＝津山丸沈没 B点＝救助船沈没

助かるわけがない。そして、その男を何とかだまして、水を飲もうとするがダメで……。それと、カツオ節を二本、いざというときのために、乗船するときに、皆に支給されとった。その男はカツオ節と水とを大事に抱えて、全然、口にせんで、こうしてデッキに座っとった。その用心深さったら、船に乗っていて、当時の状況を知っとるもんだから……。わしはですよ、そのカツオ節も全部食うてしもうて……。「下に（船室に）行かずに、上（デッキ）に居れ！」「おまえみたいな横着者は、下に居ったたちゃ、魚雷が当たったときに、助からん」て、やかましう言うのを聞かず、わたしは船室に降りて行った。

8　二発目の魚雷で投げ出される

十月の二日でした。夜の十一時半にボックリ潜水艦にやられてねえ、他の船もやられたのかどうか、全然わからん、夜の夜中やからなあ。一発食うたときには、ビックリして、「こりゃ、何かあった」ち思うて、デッキに上がった。まだ艦内の電気はついとった。

わたしはこう思った。敵の潜水艦が近くをウロウロするから、船に積んどった機雷を海に落としたんだなあ、て。潜水艦を撃退するやつですよ。それぐらいの考えだったが、震動は激しかった。寝ていたのに飛び起きたぐらいやからねえ。

また船室に降りて行った。上の兵隊が、「救命胴衣を着けたまま寝れ！」て言うのを聞かずに、横着をして、横になった。そのときに、もう一発来て、そのときは電気が切れて真っ暗になった。「こらあ、おかしい」ていうて、デッキに出たときには、艫（とも）（船尾）はもう沈んどる。わたしは一番オモテ（船首）に居ったが、こう、傾いて……。弾は艫に当たっとったわけですよ。「しもうた（しまった）。下に降りて行って救命胴衣（救命胴衣）を着けなあ、いかん。地下足袋も履かんないかん」て。

胴衣の良いヤツは皆が持って行って、紐のとれたヤツしかなかった。それで、急いで暗がりの中を、自分の巻（ま）き絆（はん）（脚絆）を解いて紐にして、地下足袋履いてデッキに出て行ったら、こう傾いてはいるが、まだ沈まん。船では大騒動です。電気は切れて、真っ暗の中を……。船では万が一、やられたときのために、浮くモノを、材木なんかを載せておった。それを海に投げ込まんなあ、泳いでも摑むモノがない。投げる者は投げる、海に飛びこむ者は飛びこむで……。暗いから、飛びこんだ奴の頭に次の者が落ちていく。間を置くなんて考えるゆとりはないですよ。わたしはオモテでじっと我慢しとった。もしかしたら、船は浮いとるままかも知れんから、退船命令が出るまでは、離れん考えでおった。

わしは冷静だったのかどうかは知らんが、小さいときから、わしの爺さんから聞かされていたのは、「自分の家は海の神さまの本家だから、絶対に、海での事故はない」ち。一族には海

4番ダンブルに魚雷が命中

で死んだ人が居らん、ち。こういうことを、小学校の三年生に与論に帰ってから、しょっちゅう言われとった。その考えが、わたしの頭のどっかにあったんだ、ち思うんですよ。船がだめになったときには退船ラッパを鳴らすことになっとった。それが鳴って、「ダメじゃ、全員、船から離れろ！」ち。わたしは最後まで船に居ったが、ダメじゃった。

八千五百トンの船はダンブルが、船底に荷物を積みこむ穴が、六つあった。オモテから艫に向かって、順番に一番から六番まであって、わたしは一番オモテの方だった。魚雷は四番目のダンブルを突き通していた。じゃから、オモテをやられていれば、わしらが沈んどった。傾いて、船長室から後ろの艫の方は海中に沈んでおったからねえ。

飛びこんだはいいが、船から百メートル横に逃げなければ、船が沈んだときに、渦に巻きこまれて死ぬ、て言われていたから、船端を蹴って離れようとしたが、人に当たって跳ね返されて、船の横腹にバチャンて当てられた。

それを二回、三回くり返すが、どうしても横に逃げられんわけ。しょうがないから、船と一緒に流れようと、船伝いに艫の方に行ったとき、「しもうた!」ち思うた。なぜ、「しもうた」て思うたかて言えば、魚雷でやられとるから、船腹に大きな穴が開いとって、その穴に波が打ちこんだときに、その前を横切れば、船の中へ波もろとも打ちこまれる。これで、一巻の終わりじゃ、ち。「しもうた!」ち思うたときの運の良さ。波が穴に叩きこんで、その潮が噴き出したときに、そこを通り過ぎることができて、艫伝いにズーッと、泳がんでも流れて行って……。

もう大丈夫じゃ、ち船を眺めたら、闇夜の中で徐々に沈んでいった船が、真っ直ぐ立ったて思うたときには、いっぺんにスイーッと沈んで、海が真っ白うなった。船長やラッパ手がどうなったか、船と共に沈んだのか、全然わからんですよ。わしらは下っ端で、船員なんかも見たこともないんじゃから。とにかく夜の十一時半のころやから、月夜でもなし、真っ暗闇の中で、何が何だかわからんような状態やった。

9　トイレに摑まって浮いとるヤツもいた

ケッサクなのは、日本人は飯を炊いて、汁を作るんですよ。船のダンブルの下の部屋に降りていくには、こんな急階段で、エレベーターなんかない時代ですから。四斗樽にお汁なんか入れて運ぶわけですよ。それを、船がシケで大揺れのときに、その階段を降ろすとき、それをヒッコぼして、下に居る連中は、熱い汁で大火傷したりしてねえ……。

それと、シケ出したら食う人が居らん。わたしの分隊は十六人居ったが、ふたりしか食うのが居らん。他の者は船負け（船酔い）して食えん。それで、炊事当番が「次からは、もう、シケでは飯を炊かない」ち、こうきた。そりゃあたいへんじゃ、て言うことで、わしがどうしたかて言うたら、皆の飯盒を持って行って、残った飯をいっぱい詰めこんだ。そして、腹が減った、て言えば食いよったから、船がやられたとき、皆からすればわしは体力があった、ていうことでしょう。船負けしなかったて言うのも運が良かったていうことですよね。

夜が明けてきて、……そういう大時化じゃから、波の上にあがったときには、あたりが全部見えるわけなあ。もう、あたり一面、何千人もの人間が浮いとるわけ。救命胴衣を付けとるから、皆浮いとる。そしたら、昼頃に「おーい、おーい」て、呼ぶ者が居る。見たら、その男や、同級生の。二十メートルぐらい離れとった。わたしがそばに行こうてしたが、不思議なもので、いくら頑張っても近寄れん。潮の流れで、その男は向こうに、わたしはこっちに流れて……。それが言うには、「晩まで頑張っとれば、必ず助けに来るはずじゃから、それまで頑張れよーっ」て言うて、右と左に別れてしもうた。

浮いとるだけやが、腹は減る。船が積んどった食糧、タマネギなんか流れてくる。「これじゃ、しめたもんじゃあ」て（笑）。……が、とてもじゃないが、食えんですよ、塩辛くて。今度は白いものが浮いてくるから、「何か?」て思うて、「食える物じゃなかろうか?」て、見たらブタ肉の白身。口に入れて引っぱったって、切れるもんじゃないんですよ。潮水に浸かっているから、食えんわけです。生肉じゃし。それで、投げた（捨てた）。考え直して、また、泳いで行って、その白身を捕まえて、体中に塗ったくった。脂じゃから、体に塗れば、寒さが凌げるじゃろう、て思うてした。周囲には救命胴衣を着て浮いとる者がいたが、「妙なことをするな」て、思ったでしょうな。他には食料らしきものは流れて来んかった（笑）。どっか他に流れて行ったんでしょうねえ。

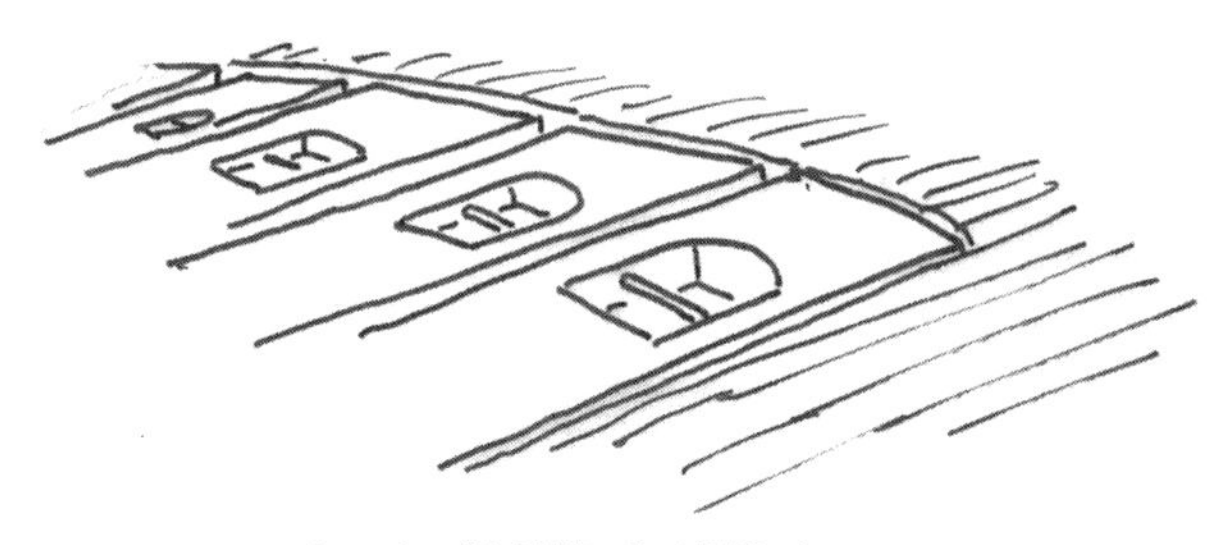

タンブル（上層部にある昇降口）のフタ

ダンブルの蓋ていうのは、今は自動で開け閉めするけれども、当時は板で蓋をした。厚い杉板で、両端がえぐれていて、そこに鉄の棒が横に一本入れてある。それを握って板を上げ下げできるようにしてある。その板が長くて、少なくても十五メートルぐらいあったんじゃないかなあ。幅はこれくらい、一尺ぐらい（三〇センチ）で、たいしたことないが、それが一枚流れてきて、わしはそれに摑まっとった。船の上では、ダンブルにはカバーがかけてあったから、乾いてて、けっこう浮く。わたしは手にタオルを縛り、その一方の端をダンベル（ママ）の鉄の棒にくくりつけて、板から離れんようにした。

兵の中には、トイレに行っとるときに魚雷が当たって、震動でトイレが吹き飛ばされて、トイレごと海に投げ出されて、最後までそのトイレに摑まって、浮いとったヤツがいた（笑）。まあ、いろんな奴が居るですよ。ひとり、朝鮮に征っとって、以前に遭難したていう男が居った。召集兵で歳な人（年長者）やったが、その人から聞いて、「ああ、船がやられたらこうなのか」ち。その人はいっぺ

ん経験があるから、遭難したときは、どうせい、こうせいて、わしらに教えとって、「自分は
そういうところから生き延びた」て、わしらに語って聞かせよった。

　ところが、夜中に魚雷でやられて、明くる日見たら（会ったら）、もう、アップアップしとったです、その人。わしはたまたまそれを見て、近くに小さなドラム缶が浮いとったから、それをつかまえてきて、その人の命綱を巻いて、「これに摑まって居ったら、大丈夫じゃが」て、言うて……。そしたら、いっときは大丈夫やったが、後はやっぱり死んどった。

　救命胴衣を着けとっても、八千五百トンの船のデッキを洗う波じゃから、たまらんですよ。わしらは一番元気の良いときでしょう。相手は歳のいった召集兵じゃったし、体力的にも弱かった、ていうことでしょうね。わしらに自分の遭難経験を話して聞かせよったから、思い出にあるんですよ。

　中にはこういうのが居った。東北の召集兵でね。昔は今みたいに歯医者が居らんから、もう、三十過ぎたら、歯が抜けとるんですよ。入歯がない時代じゃから。歯が抜けているから、六十ぐらいの年寄りに見える。その男が言うには、「人は、泳げん者をカナヅチと言う。ところが、カナヅチは柄が浮くんだ。わしはアンカーじゃ」て。浮くところがない、て言うわけですよ。「沈むだけやから、もし船がやられたら、難儀はせずに、最後まで船に居る」て言う。こ

れが助かっとるんですよ。船と一緒に沈んだらしいんじゃが、気がついて浮き上がったときには、材木にしがみついて居った。「これじゃ！」て、その材木に摑まって助かっとる。運ていうのはわからんもんですよ。

10　とうとう最後の三人になった

波がひどい。それじゃから、わしがあの同級生の友だちに言うたんですよ。「こんな波じゃから、海に投げ出されたら、助かるもんか」て。それで、下（船室）に行って寝とったんじゃから。

船が助けに来るときに、皆が塊まって居ったほうがいい、ていうことで、板の周りに塊っとった。救命胴衣を着けとるから、浮くんだから、その板にずらーっと。その長い板がグルグル回る。わしは端じゃし、いくら回っても縛っとるタオルの輪の中で手首をかわせば、締め上げられることはない。ところが、板の真ん中あたりに命綱を縛っとった連中は、クリクリ回されて、終いには板に巻きつけられて、そのまま海の中で死んでいく。死んだヤツの命綱を解いてダンブル板から放してやらんと、板がますますグリグリ回って、今度は、こっちもやられかねないから、綱を解いて死んだヤツを流してやった。

そのとき、わしの安東分隊長が一緒やった。この分隊長は、中国に四年居って、満期で帰ってきてから、また、召集兵で来ていて、海の達者な人やった。もともとが船乗りだから、舟艇乗りとして来とった。わたしが入営した柳井のときの分隊長ですよ。それと一緒になってねえ……。

次から次へと死んでいく。食うものはなし、夜中にやられて、明くる日になっても助けは来ん。その明くる日（三日目）になって、昼間に助けに来んかと思えば、助けに来ん。また、夜になったでしょうが、体は疲れとるし、また、眠くてですよう、もう、たまらんわけです。板から離れて流れとる人間は、全部死んどる。

そうしたら、言えば（言うなれば）、諏訪之瀬島の沖ぐらい（半田正夫氏が住んでいる中之島から諏訪之瀬島までは約三十キロ離れている）から、船の明かりが見えた。分隊長が明かりを見て、「船が来た。あれに向かって泳ごう！」て言うんですよ。あれには、わたしはビックリしましたねえ。凪ぎになってはおったが、どういう船かもわからん。ただ、航海灯が見えただけです

弦書房

出版案内

2024年 春

『小さきものの近代 2 』より
絵・中村賢次

弦書房

〒810-0041　福岡市中央区大名2-2-43-301
電話　092(726)9885　FAX　092(726)9886
URL　http://genshobo.com/　E-mail　books@genshobo.com

◆表示価格はすべて税別です
◆送料無料（ただし、1000円未満の場合は送料 250円を申し受けます）
◆図書目録請求呈

新刊

渡辺京二×武田修志・博幸 往復書簡集

名著『逝きし世の面影』を刊行した頃（68歳）から二〇二二年12月に逝去される直前（92歳）までの書簡220通を収録。その素顔と多様な作品世界が伝わる。　2200円

風船ことはじめ

松尾龍之介

一八〇四年、長崎で揚がった日本初の熱気球＝風船が、なぜ秋田の山中に伝わっているのか。伝えたのは、平賀源内か、オランダ通詞・馬場為八郎か。　2200円

新聞からみた1918《大正期再考》

長野浩典　一九一八年は「歴史的な一大転機」の年。第一次世界大戦、米騒動、シベリア出兵、スペインかぜ。同時代の人々は、この時代をどう生きたのか。　2200円

近現代史

◆熊本日日新聞連載「小さきものの近代」

小さきものの近代 1

渡辺京二最期の本格長編　維新革命以後、鮮やかに浮かびあがる名もなき人々の壮大な物語。　3000円

小さきものの近代 2

国家や権力と関係なく自分を実現しようと考え

話題の本

生きた言語とは何か 思考停止への警鐘

大嶋仁　言語には「死んだ言語」と「生きた言語」がある。言語が私たちの現実感覚から大きく離れ、多用されるとき、私たちの思考は麻痺する。　1900円

生き直す 免田栄という軌跡

高峰武　獄中34年、再審無罪釈放後38年、人として生き直した稀有な95年の生涯をたどる。釈放後の免田氏が真に求めたものは何か。冤罪事件はなぜくり返されるのか。

◆第44回熊日出版文化賞ジャーナリズム賞受賞　2000円

◆橋川文三 没後41年

三島由紀夫と橋川文三

宮嶋繁明　二人の思想と文学を読み解き、生き方の同質性をあぶり出す力作評論。　2200円

橋川文三 日本浪曼派の精神

宮嶋繁明　『日本浪曼派批判序説』が刊行されるまで（一九六〇年）の前半生。　2300円

橋川文三 野戦攻城の思想

宮嶋繁明　『日本浪曼派批判序説』刊行（一九六〇年）後から晩年まで。　2400円

よ。それ目がけて泳ごうて言うわけ。

そのときは、最後に三人だけ、その板に残っとった。分隊長の他に、もうひとり年をとった人で、どこの隊の人かもわからん。また、下っ端じゃから、「あんた、どこの人ですか？」て、聞く立場にもないし、どの部隊に何人いて、どういう人が居るなんていうことは全然分わからんわけですからねえ。他は全部死んでしもうて……。そのダンブルの蓋板一枚に寄って来た者だけでも、何十人か居って、塊まっておらんな、助からんて言うて、生きとる奴は板に寄って来とったが、全部やられて、最後にはたった三人です。

その明かりに向けて泳ごう、て言うんですよ。真っ暗な中を、板を手から離して、泳ぎだした。安東分隊長が、「後に続かんかあ！」て、こう言うんですよ。分隊長の命令じゃから、「はい！」て言うて後を追うた。そうしたら、暗くて分隊長がどこに居るかもわからん。船の明かりも見えんごとなった。そいで、分隊長に、「もう、明かりも見えんごとなったから、わしは元に戻るどうーっ」て、声を掛けてから戻った。その返事がですよ、「自分が船を探して、連れてくるから、それまで頑張っとれよ」て、暗闇の向こうから声だけ聞こえてきた。もうひとり居ったのは、「自分は泳ぎはできんから、最後はここで死ぬ」て、言う。それで、その男はそのまま居った。

明かりが消えたから、分隊長も方向がわからんごとなったんでしょう。長いことしてから、「おーい、おーい」て、声がするわけ。「あれは、分隊長じゃ」て言うて、こっちからも声を返した。そしたら、分隊長は声を頼りにして帰って来た。「もう、生きるも死ぬも、とにかく三人一緒に居ろう」ち。

眠くてねえ、もう、二昼夜過ぎたときには、うっかりすると、寝てしまう。じゃから、起きとる者が叩き起こして……ハッと目が覚めて……目が覚めたときには、また、寝てしまう。

夜中になって、分隊長が、「船が来たーっ！」て、言うから、見たら、真っ白な波を蹴って船が来る。明かりも何も点けずにして、ただ走って来る。日本の駆逐艦。タダでさえ白波を蹴って来るのが見えるわけだし、明かりを点ければ潜水艦にやられる。オモテには監視兵が何人も立っとって、警戒しとった。分隊長が気がつかなければ、わしは寝てしもうとったから、船はそのまま通りすぎて行ったでしょう（笑）。こっちが手を挙げて大声出したら、すぐ気がついて、船をスローにして近づいてきた。

今度は風にやられた。船に当たる風が強くて、離れていくばかりで、こっちが追いつかん。ほいで、分隊長が、「逆に回ってくれ！」て、手で合図したら、風上に船が回って、こっちに寄って来た。

近くに寄ったら、木の棒をロープに縛って、船の上から兵隊が投げた。「それに摑まれ!」ち。摑まれば、船からロープを引くから、泳がんでも船のそばに引きつけられる。そこが、わたしの失敗の元じゃったが、もう、体操には自信があって、器械体操は何でもござれであった。ロープを摑まえたときは、そのまま上によじ登ったわけ。そうしたら、自分の体力の落ちているのを計算せずに、あと一歩でデッキに上がろうとしたら、力尽きて、ストーンと海に落ちた。もう一回やろうとして、半分ぐらい上ったら、また落ちた。三回目にはロープを引くだけの力が全然なくなった。

そのとき、船の上の者が言うのが聞こえた。「よじ登るもんじゃない!」ち。「もうひとつ、こう、輪になったやつがあるじゃろう!」て。「それに両手を差し込め!」て言うのがやっと聞こえた。そうすれば、輪が頭からスッポリ入って、脇の下にロープが回るから、上から引き揚げるから、て言う。ところが、海に浮かんどるときは、ロープは輪になりきらずに、二重になって浮いとる。言われている意味がわかったときには力尽きて、片手だけは何とか入れたけれども、もうひとつの手を入れるだけの力が……。そうしたら、上からひとり綱伝いに降りてきて、わしの襟首を摑まえて引き揚げてくれて、やっと助かった。

11　二度目の撃沈

われわれ三人を助けたのは駆逐艦やったが、後で、小さな輸送船に移されていた。何ていう名前の船だったか思い出せんが、何でも、片仮名の名前じゃなかったかなあ、外国の名前じゃなかったろうかなあ、ち思う。

飯を食わさんわけ。飯を食うたら死ぬ、て言うんです。ああいうひどい目に遭うた者は、ほんの重湯しか与えられん、ち。当たり前に飯を食うたら死ぬ、ち。何日目やったか、一週間ぐらい経っとったか、「もう、飯を食うてもいい、あしたの朝から飯を食うてもいい」て、茶碗をくれたですよ。明日から飯を受け取りに来い、て。その嬉しさって言ったら、茶碗を叩いて踊りをした。

救助されたのはそんなに多くはなかった、て思うがハッキリとは覚えてない。もともと、その輸送船に乗っとったのは、将校がほとんどだったですよ。同じ部隊でも、あちこちの船に分散して乗せとったから、この船に兵隊は乗せとらんやったのでしょう。それと、助かった兵隊は、途中で寄港した台湾に逆戻りして上陸した者も居る、という話だった。

朝飯を食わん五時過ぎに、乗った船が魚雷でまたやられた。そのときは、ほんとうに、「朝飯を食うてから、やられたなら思い残すことはなかったが」て……それぱっかり……（笑）。やられた船が、また、ケッサクなんですよ。朝飯も食わんうちに、ドカンとやられたわけでしょうが、慌ててデッキの上に行ったら、あの、船の上には救命ボートが吊してあるんですよ、そしたら、そのボートにはすでに将校が全部乗っとるんです。真っ先に乗りこんどるんですよ。わしらが遅れて行ったから、将校が「そのロープを切れ！」て言う。ロープの下には、ちゃんとヨキ（斧）を、両方のロープの下に置いてある、切るために。両方を切れば、ボートがズーッと降りる仕掛けになっとる。

四国の上等兵がひとり居って、ふたりが両方のロープを切る構えをしたところが、将校が「このボートには兵隊は乗るな！」て、こう言うたです。将校ばっかりが乗っとるわけ。そうしたら、切ろう、て、構えとった古い上等兵は腹かいて（腹立てて）、ヨキを投げて（捨てて）行ってしもうた。わしの方は切った。まじめに切ってしもうたから、ずるーっと、片一方だけ海に降りていった。乗っとる奴の半分くらいは海の中へレッコ（降下）ですよ（笑）。そうしたら、将校が、「早よう、もう一本も切ってくれ」て、騒動です。わしもしゃくにさわって、「えいっ！　切ってやるものか」て思うたけど、そうもいくまいと思うて、切った。そのかわり、「わしが切ったんだから、海に飛びこんだら、わしのひとりぐらいは乗せてくれるじゃろう」ち、気持ちがあった。下向いたときには、ボートはとんでもないところに流れている。

ボートが海に降りてから、わしも海に飛びこんだが、ボートはスーッと行ってしもうて……何のために助けたかわからんごとなって……（笑）。

12　今度は、救命胴衣が命取りに

ヨキでロープを切って救命ボートを降ろしたが、海中に落ちた者がどうなったかわからん。わしが飛びこもうとしたときには、潮が早くて、ズーッと先に行ってしもうた。自分の救命胴衣の心配をしていたから、あたりを見るどころじゃなかった。（この前の経験では）最初の丸一昼夜は救命胴衣が浮きよったんじゃけど、後じゃあ、沈むんですよ。昔のヤツは潮を吸うもんじゃから、助けられて船に上がっとる五日の間は、デッキの上でそれを乾かしとった。予備もないもんじゃから。そいで、乾いて少し軽くなっとったから、これで大丈夫じゃと思うて、それを着けて海に飛びこんだら、逆に、今度は海の中へ引き込んでくれるわけですよ。「しもうた、これで命を取られた」て思うたらね、何と、わたしが助けたボートのオールが一丁流れてきた。「これじゃ！」ち思うて、そのオールを摑まえたところが、長いでしょうが、真ん中を摑まえたら、完全に浮いた。昔の救命ボートは、エンジンはなく、ただオールだけあった。わしは、オールで助かった。やっぱり、人助けはするもんじゃ、ち思うたねえ、ハ、ハ、ハ……。

潮が早くて、投げ出された連中はどんどん流されて行く。わたしはオールを摑んどったから、動かん。どうしたらいいか、ひとりだけでは助けが来んかも知れん。もう、救助の船もひとりのために止まらんはずじゃ、だから、皆と一緒に流れよう。オールを手放すには、救命胴衣を脱がんないかん（脱がないといけない）。ところが、縛ってあった紐がどうしても解けん。巻き絆の織りはバイアスがかかっとるし、水を含んでおるから、しっかり締めたら解けん。刃物は持ってないしね。オールは手放せんから、これで、命を取られるか、ち思うたです。

流れてきた一本のオールにしがみついとったが、あたりには人っこひとりいない。そのうち、ひとりが向こうから流れてきたから、「おーい！　おーい！　一緒にいようや！」て言うたが、潮が早くて、その男はやいやい（どんどん）向こうに流れてしもうた。潮の流れがちょっと違っても、こう、分かれ分かれになってしまうんですよ。

そうしたら、駆逐艦がそばを通ったから、「わーっ」て、合図をしたら「元気にしとれ！もういっときしたら、助けに来るから」て、スーッと行ってしもうた。

そのときは、べた凪やった。三時間か、四時間ぐらいしたら、船が回ってきて……。デッキの上に海軍の大尉が腰掛けとって、わしが助けられて上がって来るのを見とって、「おまえ！慣れとるなあ」て。最初のときに失敗しとるもんじゃから、二回目は、船が投げた綱、その輪の中にすぐ手を突っこんで……。大尉が「あれっ、おまえ、こないだ助けたヤツじゃないか？」て。同じ駆逐艦に助けられとるわけです。そして、その将校が部下の兵隊に言うには「この男をすぐ、治療室に連れて行け」ですよ。下の兵隊はかしこまって、サッとわしを連れて行った。わたしは、ケガをした覚えはないし、何だろうか、て思うて。

行って鏡を見たときにはビックリした。『四谷怪談』のお岩のダン（比）じゃない。首から上は海面に出てるし、帽子はなし、南方の暑いところだから、陽に焼ける。あのシケで潮を被るでしょうが、水中メガネを掛けてないし、潮水が目に入れば、きついから、しょっちゅう手で顔を拭う。いくら面の皮が厚いからと言ったって、顔は真っ赤（笑）。……火の中に入れたタコと一緒。その顔を見たときにはビックリしました。

Ⅲ　それでも人一倍元気やった

13　ルソン島上陸

二回目の船がやられて、そのときは五時間半ぐらいで助かったですよ。昼だったから。それと、ベタ凪だった。わしは駆逐艦に助けられてから、別の小まい船に移されて……。その三回目の船は飛行機を一機積んどった、デッキに。あまり大きな飛行機じゃあなかった。偵察に使うようなのでしょう。羽を広げても、船の外にも出てなかった。それを見たとき、「いや、これがやられたら、今度こそ助からん」ち思うた。飛行機が搭載されていることが敵にわかれば、船が徹底的に攻撃される。人間もいちころじゃ、て思うた。

船の方でも危険度を考えたんでしょうなあ、助けた連中を、ルソン島の岸が近くなったらすぐボートで降ろした。降ろされたところがどこなのかもわからん。その船はいくらもしないで沖で敵にやられて沈んでしまったですよ。

誰も居らん海岸に何十人かが降ろされた。そのときは（一緒に救出された）安東分隊長はいなかった。誰も弱って居って、元気にあちこち歩くわけじゃあないし、降りた海岸に座ったままで、前から居る部隊が何か食糧を持って来るだろう、ぐらいで、それを心待ちにして待っとるわけだから、人の動きがどうなっとるか、わからんわけですから。

救助の船が、遭難兵をあっちこっちの海岸に降ろしたです。しばらくしたら、それを一ヶ所に集めたんだが、そのときに分隊長も合流して、わたしもビックリして……。分隊長は別の船で助けられて、先に海岸に上がっとった。

上陸はしたが、食うものが無し、腹が減ってたまらんわけですよ。バンジロー（グアバ）ていう野生の果物、あれが食えるて言うことを、わたしが知っとった。与論にもあるからねえ。あれはザクロの種類じゃなかろうか、二種類あって、堅くて食えないヤツと、柔らかくて甘いヤツとがある。薄赤くなって、タネが中に入っとる。わたしは与論に居って、小さいときから、あれを喜んで食べよった。

助けられて海岸に居ったら、周りにそれがいっぱい生えとる。「これじゃが」ち思うて、採って食おうとしたら、古い兵隊にいきなり殴り飛ばされてよ、「おまえは、知らんところに行って、毒かもわからんのに、こんなもの食うて、死んだらどうするか！」て。「いや、これは食えるんですが……」て、言うたら、「おまえは、なんでそんなことを知っとるか？」て。

叩かれてしもうたから、それを食えんわけねえ。それじゃけど、腹は減っとるし、欲しくてたまらん。救助の船は全然来んし……。ほいで、誰も見とらんときに、ひとつ採って、口に入れてガリガリ噛んだ（食べた）。やっぱり、こっそり見とる者が居ったんじゃなあ、わしの顔を一生懸命見とるわけですよ。「何ともないな?」ち、聞くわけ。「これは、食えるんじゃ」て。「わしは知っとるんじゃ」て言うたが、それでも本気にせん。後で、土人が食うとるのを見て、「おまえが言う通り、あれは、ホント、食える」て（笑）。

それだけ用心すると言うのが、ブドウの実みたいに、きれいな実が付いとるヤツがあった。見た感じではおいしそうにしとるんですよ。腹が減ってかなわんから、それを口に入れたのが居って、半端食いしたヤツは皆死んでしもうた。いっぱい食うたヤツは死んでない。気持ちが悪くなって全部吐き出したから。やっぱり、どういうものがあるか、わからんからなあ。

南方にはいろんな果物があって、ひとつの実で、卵の何個か分の滋養があるていうのもあった。何か、アブカート、アブガドとか何とかて言うた気がするが忘れてしもうた。有名なマンゴーもあったし……。椰子の実ていうのは水分を摂るぐらいで、あの中に白い半固形の脂が入っているが、あんまり旨いもんじゃないですよ。土人はあの脂でいろんな菓子を作る。作ったのは旨いですよ。もちろん黒砂糖なんか混ぜるんでしょうけど、あの細工物は旨い。最初に椰子の水を飲んだとき、これも旨い物じゃとは思わなかった。慣れたら違（ちご）うた。椰子の葉陰で、おまけに、あれだけの厚い皮で覆われているから、赤道直下の暑いところでも、あの水だけは冷たい。その冷たさが最高の旨さやった。

バナナがケッサクでねえ。バナナ山に行ったら、それまではバナナは切ったものしか食うた経験がないから、真っ黄色の熟れたヤツがあって、「これはどんなに旨かろうか」て、ちぎって食うた。……全然食えるモンじゃない。不思議に思うたのは、バナナの根っこには、切ったヤツがみんな置いてある。切ってから熟らしたヤツ、それが旨いんじゃよ。木で熟れたやつはダメ。

同じバナナでも、食用バナナがあって、大きくて、こんな太くて、それは皮を剝いて料理して食いよった。油炒めにしたりしてねえ。そうかと思えば、佐世保から南に向かう船の中に、以前に召集で台湾に居ったていう兵隊がひとり居って、それが言うには、「台湾に寄港したら、バナナをいっぱい食わす」て、こう言ったんですよね。もう、話半分に聞いとったんだけど、そうしたら、台湾の高雄に着いたら、知った人が居ったんですよね。その人がいっぱいバナナを持って来た。ところがそのバナナは青いわけ。わたしは、青いヤツは食えんて思うとるから、貰うたバナナはそのままにして置いとった。そうしたら、その人が「このバナナは青くても食えるんだ」ち。それで、食べてみたら旨かった。いろんな種類があるんですよね。

「高雄」で思い出したが、港で不思議に思うたことがひとつある。岸壁に白糖を山のように積んであった。二階建ての家の高さ以上に積んどった。日本から来た船に積みこむつもりでしょうけど、屋根も何もないところに積んでおけば、雨が降ったときにどうするか、て。それが、いまだに不思議に思う。ひょっとしたら、そのころは雨が全然降らない時期だったのか、十月のころだから。それには監視の兵隊がひとりかふたりが立っとった。わしらは、船が横付けしとる間に、監視が見てない隙に、それを掬うて食うたが（笑）。

ルソン島にはパパイヤもあった。最初は実を採って食うけど、毎食食うだけの量がない。それで、幹を食べよった。あれ、食えるんですよ。皮を剝げば、中は白い大根。炊いて食う。パパイヤは与論でもあって、「大きく成長したら、途中から打ち折れ！」ち言う。そしたら、枝が出て、一本が何本分にでもなるから。暮らしやすいということは、フイリッピンでは子どもが生まれたら、椰子を七本も植えとけば、成長してからは、それで食えるという時代なんです。椰子の実ていうたら、幹にぎっしり付くわけでしょう。

今度は履くものがない。靴がすり減ってしもうて裸足で歩いとったら、道にサネンが自生しとるのが目に入った。おにぎりなんかを包む太か葉のそれがいくらでもある。この葉を縄に綯ってから、草履を編んで履いとったら、皆が「おまえ、偉いこと知っとるなあ」て（笑）。

与論ではサネンの縄編みが夜なべ仕事やったから、わしも子どもながらに真似をして編んどった。年寄りよか、わしの方が上手に綯って……。与論でも田で藺を作っとって、それを織って畳表を作っとったが、それを畳の床に縫いつける縄がサネンでできとった。葉を灰で叩いて、繊維を出して、それをよって縄にする。この縄なら丈夫やし、草履にも良かろう、自分が経験したことをどこかで活かさな、て思うとるもんやから……。が、長くはもたんやった。

14　紙一重の金鵄勲章

初めの津山丸に乗っとった三千五百人の内、百六十人は助かったが、助かって陸に上がったときに、自分の親しい人が助かってるかどうか、いろいろ調べてみたら、台湾近くで救助されとる者も居って、台湾に引き返された格好になっとる。三ヶ所に助けられて上がっとった。

最初の遭難のときに、海で生き別れた与論の同級生は、あれは死んでない、て思うた。どっかの海岸に上がっておるんじゃ、ち思うた。海に達者なあの者が死ぬもんか、ち。助かった連中に、「自分の戦友、知り合いに死んだ者が居ったら届け出れ」と。それで作成された名簿を調べてみたが、名前がなかった。三ヶ所のどこにも助かっていない。同級生が浮いとった海の近くにいた男で、同級生を知っとる者が、「戦死（水死）したらしい」て通知を出しておる。

　わしは、十月二日の晩に魚雷にやられて、三日には海の上で与論の同級生と会うとるわけやから、「十月三日までは見ておるが、その後はわからん」て、届けたですよ。わたしが兵隊から還ってから、戦死公報を見たら、三日に戦死したということになっとった。

　用心深い男で、わしに「いざというときは海に飛びこまんならんから、デッキに居れ」て言うのを聞かんで、（わしは）下（船室）へ降りていったでしょうが。同級生は水筒の水もカツオ節も大事に抱えとって、「おまえみたいな横着者は……」て言うたが、呑気に構えとったわしが助かって、その男が死んだ。人間の運なんど、紙一重ですよ。

　敵との撃ち合いでもそうですよ。上陸して間もないころ、撃ち合いがあって。相手はフィリッピンのゲリラじゃないかと思うが、姿が見えんからはっきりとはわからんが。わしが先頭に行っとったが弾に当たらず、後の者が死んだていうことがあった。後方から味方が撃った弾が、立木に当たって、それが横に滑って来てやられとる。

　それと、匍匐前進して撃ち合いしとるときに、背嚢の一番上に飯盒を結んでおる。そいで、わたしが戦闘が終わってから、歩けば、カランカランて音がする。休憩のときに見てみれば、弾が飯盒の蓋を突き抜けて、さらに、中子を突き抜けて、底は通しきらずに止まっておる。何でカラカラするのかが不思議だったですよ。飯盒があって、その下の背嚢がまた、これくらい（三十センチ前後）の厚さがあるけど、弾が飛んでくる位置がちょっと下だったら、わたしがやられておった。

こんなケッサクな話もあるんですよ。戦後、ここの（中之島）の開拓に入ってからやが、ナツヤマに帝国製鉄ていう会社が炭焼きに入ってきた。広島の会社で、木炭を入れて特殊な鉄を作るらしい。そこの所長に、後藤という人が来とった。でっぷり肥えた人でねえ。この人が金鵄（きんし）勲章を貰っとった。その勲章を貰ったっちゅうのが、その人が白状してわたしに言う話が、

――敵と遭遇して、撃ち合いで中隊が全滅して、後に自分がひとり残った。立ち上がったらやられるから、死んだふりをして死体に囲まれて伏せておったが、そのうちに、救援隊がいっぱい、ヤーって攻めて来たら、敵は逃げて行く。そのときに自分も何食わぬ顔で立ち上がって、先頭になって進軍して、敵の最後の一兵までやって、それで金鵄勲章を貰うた――

終戦になってからでないと、そんな話はできんが、あれを聞いたときには、ホンニいい加減なもんやなあ、ち思うた（笑）。金鵄勲章がどれだけ偉いもんか（わからんでしょう）。仮に、兵

隊が貰って、中隊長あたりと会うでしょうが、兵隊の方が上なんですよ。偉い人が閲兵(えっぺい)に来たときに、将校よりも上に座ることになっとった。だから、そんなときには受勲者にわざと、「病気したことにしとけ」とか何とか理由をつけて休ませた、ていう話もあるんですよ。どんなに悪いことをしてでも、たとえ人殺しであろうと、何であろうと「罪一等を減ずる」で、金鵄勲章を貰っとる者は、それを返還しさえすれば、罪が軽くなった。それぐらい値打ちがあった。後藤という人がわしに語って聞かせたときには、ホンニ笑うた。

15 戦後四十三年目の便り

現役兵で征った者でも、遭難者はたいていの者は弱っとったですからね。わたしは元気でした。一番の新兵さんじゃし、皆から使われるから、たとえどんなことがあっても、人よりは元気にしとった。気力ですよ。負けん気があって、人より先に自分が倒れることはない、ていうような信念があったからでしょう。もうひとつは、青年学校時代に鍛えたから、あれが非常に良かったんでしょうね。

助かった連中を遊ばせておくわけにいかんていうわけで、「元気な者は仕事に来い！」て言われて、マニラまで歩いて行くことになったです。わたしは引っぱられて行ったが、何人も居らんかったですよ。せいぜい十人ぐらいやなかったかなあ。もう、遭難してから陸に上がったヤツで元気があるのは居らんのじゃから。古い兵隊なんか要領が良いもんじゃから、全然動かん。「そんな、バカみたいな」ちゅうようなもんやったろうねえ（笑）。結局、わしらみたいな、初年兵が最終的には因果を含ませられて、「おまえ、行け！」ちゅようなもんで……。また、わしは元気やったから……。

わたしが地下足袋を履いとるのを安東分隊長が見て、「おまえの履いとる地下足袋をわしにやれ（よこせ）！」ち。「おまえ、裸足で行ったら、向こうに着いてから足袋をくれるかも知れんから」て。分隊長は裸足だったからねえ。分隊長とはそれっきり、逢わずじまい。

（その四十三年後の一九八八年）、中之島の自宅でたまたま朝六時半の鹿児島テレビを見とったら、漁船に乗っとる人が居る。エラの張った覚えのある顔じゃった。「あれえ、安東分隊長じゃなかか？」て思うて、早速、鹿児島テレビに電話したら、あれは大分テレビのじゃ、ち。それで、大分のテレビ局に問い合わせたら、「あの漁業は試験中だから、まだ、結果はわからん」て言うんですよ。新しい漁法を考えた人が、漁師に頼んで試験をしとる最中とのことやった。「いや、違うんじゃ」ち。「軍隊で生き別れになった、分隊長によく似とるから」て言うて、電話番号を教わって電話したら、奥さんが出た。「きょうは天気が良いから、主人は夕方の六時にならんと、帰らん」て。「確かに、主人は、南方に行って、遭難したということは話とりました」て。

六時に電話を入れたら、「おまえ、生きとったかあ?」、「わしが逢いに来る（行く）」、「もう、おまえが、ひとりや。おまえは千二百分の一や」ち。千二百分の一ていうのは、柳井で入営したときは同期兵が百六十何人か居ったが、同時にあちこちで（船舶工兵として）千二百人入って居った。それで、そういう呼ばれ方をされとった。

もう、テレビさまさまですよ。ダンブル（の蓋板）に摑まって助かった三人のひとりで、同じ船に乗っててやられた、もうひとりの男も三ヶ月前までは生きとったが、死んだ、て。

大分の臼杵というところでした。そのころ、わしは村会議員をしとって、村営定期船の第三・十島丸を臼杵のドックで造りよったから、二、三回行ったことがあって、「自分が逢いに来る（行く）から」て。（臼杵に）行ったら、分隊長が駅まで迎えに来ていて、家に行ったらズラーッと一族郎党が待っとる。

それからは、年賀状が来たりしとったのが、二、三年前に電話をしたら、話がどうも通じん。心配になって見に（逢いに）行ったら、耳が遠くなっとった。

次にきた賀状では、どうも息子のような名前で出しとる。住所が大分市になっとる。大分のどこかもわからん。電話も書いてない。そうしたら、運がいいことに、大分には、昔、中之島で世話した人がいたですよ。昭和の四十年代に入ってから、ヤマハが（リゾート開発の一環として）飛行場を造るていうときに、初めの計画では中之島に候補地を探した。住友建設が請け負っていたが、そこの鹿児島出張所の人をわたしがあちこち案内して歩いた。その人が定年になって、郷里の大分に帰っとった。その人に調べてもらったら、すぐそばに安東分隊長がいて、また、見に（逢いに）行ったですよ。

それが、今年（二〇〇八年）の便りには、昨年八月に亡くなったて。一ヶ月後に奥さんも亡くなっとる。もう、がっかりしてねえ。

＊

『安東分隊長殿の便り』と表書きされた封筒を半田正夫さんが蔵していて、そのなかに元分隊長の安東猛からの便りが収められていた。半田正夫さんが筆者に、「戦後四十三年目の便りです」と言いながら見せてくれた。投函された日付はわからない。四十三年目は一九八八年（昭和六三）である。内容は以下の通りである。

《立春の候　ＮＨＫの御陰で戦友一人を発見することが出来ました　今の所(ママ)でＮＨＫ様々です。半田さん先日来より懐かしい電話の声や手紙を戴き四十二年前の事が走馬燈の用(ママ)に思い出されます　私もあの悪夢のバシー海峡で二晝夜(ちゅうや)漂流して運良く助かった三人の一人　それが御互いに住所も別(ママ)からず　別れ別れになったのですから　これも敗戦が目前に迫り　生きて故郷の土を踏めないと思って　お互いに住所も知らせなかったのですね　私達が現役当時の戦友会をして居ますが　当時は戦勝戦勝の時代で　鹿児島でも二回やりましたよ　三十名ぐらい集まるが　戦勝して居るときは生きて帰れると思って御互いに住所を知らせ合って居る故　お互いに住所が別かりますから楽に集合出来ました　半田さんと二人は奇跡的に助かったのに　お互いに住所も別らず近くに来て居ても、逢ふ(ママ)事も出来ずに本当に残念でしたでもテレビの御陰で半田さんの近況を知る事が出来ました　次は大分か鹿児島で逢える日を希望して居ます半田さんも復員後は随分と御苦労が有りました様ですな　苦有れば楽ありでもう子供さん達も立派になって居る様だし　村の役もほとんどやりこなして来たし　のんきに過ごされて居る様に見えます　もし逢う事が出来たら徹夜で話しても語りつくせないでしょう
半田さんは私より五才下ですから　まだまだ元気でしょう　私は七十才だよ　でもまだまだ元気で漁業に精を出して居ます　健康の為ですが　奥様同伴で一度御逢い出来る日を祈って居ます　比島に上陸した戦友の消息は別かりませんか　生死を共にした人達と逢いたいね
南の島はもう暖かく成りましたでしょう　臼杵でも近頃大ぶん暖かい日が続く様に成りました　半田さんも益々御元気で御逢い出来る日を待って居ます　それから半田さん　班長（分隊長のこと―筆者注）はことわりますよ　御互いに軍人ではないのですから　ではくれぐれも御身御大切に　奥様にくれぐれもよろしく
半田様　　　　　　　　　　　　　　　　　　　　安東》

その後、ふたりは再会するのだが、そのときの記念写真が同じ封筒に収められている。裏書きに、「安東　七十歳　、半田　六五歳」とある。安東分隊長は中国戦線に出征した経験があり、そのときは勝ちいくさであった。二度目の出征は南方であったが、現地に到着する前にバ

半田正夫さん（左）と安東猛分隊長（大分県臼杵市で、1988年）

シー海峡で遭難している。海上漂流時は半田正夫と行動を共にしている。このときの戦況は負けいくさである。生きては帰れないという認識が部隊内に蔓延していたのであろうか、平時の交流を夢想するゆとりは、兵士の間には生まれてこない。当然に、互いの帰還先をたずね合うこともなかった。そのことが再会までに、四十三年の歳月を必要としたのである。再会のきっかけとなったのは、テレビでの映像放映であることは間違いない。電波の功罪はあるにしても、その威力は否定できない。それと、半田さんの記憶力と、いち早く関係機関に連絡を取る行動力とが相乗効果となって、再会を実現させている。

16　病院船の氷川丸は兵器輸送船だった

地下足袋を安東分隊長に譲って、裸足で行ったところが、その熱さて言うたら、歩けるもんじゃないですよ。ジャングルじゃなくて、鉄道が走っとる平地ですよ。それで、枕木の上を歩いた。ところが、熱くて歩けんから、ズボンを下げて……。兵隊のズボンは下の裾のところは紐で結ぶようになっとったから、ズボンを下ろして、足に巻いて、そして歩いた。尻を半分出して……(笑)。やっとかっと、行ったら履き物をくれて……。マニラにいっとき居ったら、港に病院船が入って来とった。

病院船は昼夜電気をつけとるんですよ。赤十字のマークを掲げて、世界各国の約束で、病院船に空襲はせん、ていうわけです。ルソン島に戦病兵がいっぱい居ったから、本土から薬を持ってきて、帰りは病人を乗せて行く、ていうことで、マニラに入港しとった。何時にどこどこに入港して、何時に出て行く、て、あらかじめ各国に知らせてあるわけですよ。

マニラの港に着いたら、その船に乗りこんで……。何と、床板の下は、全部、兵器です。弾薬、鉄砲、機関銃……。負け戦で、輸送がままならんから、病院船を利用して運んで……。板をめくって、鉄砲の弾を下ろすのが仕事ですよ。何て言うか、とんでもない仕事ですよ。
そして、時間がきたら半端仕事でも中止して、また、板を敷いて、病気の兵隊をその上に乗せて、出て行った。病人は皆が白衣を着せられて、そうとう乗っとった。何時に出港するて、世界に約束をして、空襲でやられんようにしとるんじゃから。 
船から離れるときに悪いことをひとつした。絆創膏をひとつ盗んだ。幅が広くて、それを隠して持ち帰るのに、靴の先の方に入れとるから、まともに履けん。疲れてびっこを引いた形で持ってきた。あんなに難儀したけど、その絆創膏は何の足しにもならんやった（笑）。

氷川丸（全長163.3m、幅20.12m、11622トン。横浜市山下公園地先、2019年）

病院船も全部が全部そんなふうにしてうまくいくとは限らん。運の悪いのは米軍に臨検されて、横付けされて調べられて、爆弾を積んでおるのがわかれば、撃沈された。だいぶやられとるんやから。しかし、だいたいアメリカはわかっとったんでしょう。

そういう話はもうわれわれでもわかっておった。現実に、病院船が兵器を積んで来とるわけやから、「ああ、こういう状態か」て思うた。もともとそこに居る古い兵隊なんかは、やられた船が何杯か居るて、言うとったから。だから、わしらが仕事をした船も、はたして無事に行ったろうか、て、心配しとった。

結局、終戦になって、どうなったかわからんやった。近ごろの話しやが、その船がテレビで写って、横浜の港に浮かべて、何か遊び船、レジャー船みたいにして浮かんどる。あれっ、わしが使役に引っぱられていった船じゃが、ち、思うたです。名前が思い出せんが、そう、氷川丸ですよ。あの氷川丸が横浜に居るちゅうことで、そいでビックリしたわけですよ。あの船は運が良かったわけですよ。

＊

日本郵船歴史博物館発行の『ガイドブック　氷川丸』は、半田正夫氏の証言にあるような武器輸送船としての一面については一言も触れていない。氷川丸は昭和五年（一九三〇）に㈱横浜船渠で日本郵船が建造した船である。一万一千六百二十二トンの客船。北米シアトル航路に就航した。戦時下では第四艦隊所属の病院船として、戦傷者の内地移送に就くも、氷川丸は三度触雷し、米軍機の銃撃も受けている。これは、相手国が病院船の内実を知っていたからであり、国際赤十字の約束ごとを反故にしたわけではない。日本軍が赤十字の取り決めを逆利用しようとして、見破られている。戦後は引揚げ船として運航されていた。一九五〇年代には、アメリカに向かう留学生を乗せて、太平洋を渡った。一九六〇年に引退して、その後は横浜の山下公園に繋留されて、観光客に公開されている。

＊

元気のあるものが選ばれて出かけたのは氷川丸の一回だけ。しばらく土人の家に居ったんだが、元気になったら、海岸端に出かけて行ったですよ。砂浜に、海軍の航空隊の食糧が山積みされとった。それを監視するんで、各隊から兵隊が何人か行っとった。とうとう、わたしらもその番に当たった。さすがに、航空隊の食糧ていうたら、良いヤツが入っとる。同じ兵隊でも特別だった。あの兵隊こそ、飛び立ったら帰って来れんのじゃから、特別待遇じゃったんでしょう。

何と、歩哨に立っとったときに、台風が近づいて来た。大風で砂地が全部吹き飛ばされて、飛ばされたその下はねえ、缶詰の空の山。ザクザク出て来た。と言うことは、いままで監視しとるヤツが、誰も来んから、それを獲って食べて、空き缶を砂で隠しとった。それを知らずに、わしらが監視に行って、ビックリした。これが憲兵隊にわかったら、わしらの部隊は全部営倉行きや、ち。それこそ青うなった。

何と、都合の良いことに、明くる日、転属。状況が悪化して、ビルマ行きになった。最終的にはぜんぶマニラに集結することになったです。それで、悪いことしたヤツがわからずじまいになって（笑）。あのまま居ったら、営倉にやられとった。監視に当たったシ（衆）も考えたんじゃろう。自分らは食い物がなくて腹を空かしているのに、航空隊には良い食糧が山ほどあるわけだから。

17 山下奉文大将とビールと巻きあげ銀貨

それと、こういうことがあった。あの山下奉文（ともゆき）大将がフイリッピンの総司令官やった。戦争が始まってすぐにシンガポールを占領したときの大将ですよ。あの人は、日本で言えば、軽井沢、あれ、何とかというところに居ったのか、バギオていう高台にある避暑地ですよ、そこに居った。そこがアメリカに狙われたんでしょうね、そこがいよいよ危なくなって移動した。途中、転々と日本の兵隊が居るから、山下将軍の荷物ね、それを次々に輸送する命令が下った。わしらが泊まっとるところにも命令が来た。そうまで状況が悪くないときやったから、荷車曳くくらいの道があって、その山道を何台もの車で運んで行くんですよ。積んである荷にはビールなんかもあったよ。さすがに山下大将やなあ。それと、四、五人でなければ、持てんような重さのカマス（叺）があった。ムシロ（蓆）をふたつ折りにして作った袋ですよ。こんなに重たいものは何だろうかて思うたら、銀貨やった。当時、フイリッピンで使っとった銀貨。日本は軍票をどんどん印刷して、銀貨に全部換えて、銀貨を本土に送ったらしいんじゃなあ。純度が良い銀貨で、それを軍票と換えて、全部、巻き上げて、それを大きなカマスに入れて、本土に送るつもりで。ところが、港から送り出せんもんじゃから、持ち歩いておったんでしょう。わしはねえ、それを三つ、袋の中からほじくって、帰るときの記念にていうて大事にしとった。言えば、盗んで持っとった。ところが、終戦になってから、土人に見つかったらたいへんなことになるていうことで、山の中へ投げ捨てて、ハ、ハ、ハ……。

陸戦は上陸した当初経験した。フイリッピンのゲリラ兵が居った。じゃけど、弾がゲリラ兵のモノかどうか、それはわからんのよねえ、敵の姿は見えんわけやから。それと、ケッサクなのは、ちょっとした傾斜だった。田んぼ、フイリッピン人の作った田があった。われわれは食糧がないから、穂をちぎろうとすれば、山の上から弾が飛んでくる。ところが、腹が減ってるのにはかなわんから、這(ほ)うて、（田の中を）クリクリ回って、稲の穂を採って、段々の田になっとるから、死角に入れれば、相手の弾が当たらん。

敵もいつまでもは撃たんから、ゲリラがいなくなったら今度は米搗(つ)き（精米）ですよ。米を搗くのは鉄兜。良う搗けるです。鉄帽は底が丸くなっとるから、木の棒で搗くと、米がクリクリ、クリクリひっくり返る。それじゃから、簡単に搗きよった。一升瓶に玄米を入れて搗くのは戦後の話。外米(がいまい)ですよ。細長い米（インデイカ米）のケッサクていうたら、いっぺん炊いたら、飯盒いっぱいに膨れる。それを半分くらい食べて、少し水を足して、おき火の上に置いとけば、また、いっぱいに膨れる。また食べて、もう一回やって……。やっぱり、いっぱいになる。三回、いっぱいになりよった。

18　与論島の同級生と出くわす

人間の偶然というものはあるもんで、わしは本籍は福岡やったから、与論の学校を歩いとっても、鹿児島の部隊には入らずに、山口の柳井に入隊した。それがですよ、わしらの部隊が泊まっとったのが、フイリッピンのマニラの大きな学校で、その学校はコの字型の校舎になっとって、そこに泊まっとった。

当時のマニラの街ていうたら、ビックリしましたよ。学校に水洗便所があったんだから。さすがにアメリカの統治下だった。わしら、神戸に居って、当時の神戸は人口が百万あって、日本でも指折りの大都会なんじゃから、そこに居ってもまだ……。そりゃあ、ホテルにはあったかも知れんけど、わしらはそういうモノを知りもせん時代やから。トイレの紙がないから、そこらの紙を使って、一日で詰まらせてしまった。

朝起きて、点呼がすんだら、上官が兵隊を川に連れて行って、橋が架かっとって、フイリッピン人がそこを行ったり来たりしとるのに、こっちは全員が川に尻向けて、ポットン、ポットンですよ。あれはいま考えても格好が悪かったなあ（笑）。笑えん話よ（笑）。

掃除機もあったからねえ。今のような便利なものではなかったけど、形だけは掃除機があった。それと、下から火を焚いて、氷を作るやつがあった。いまのガス冷蔵庫と同じ原理なのだろうかねえ、一番下に、ガソリンを入れる小さな釜がある。上に棚がある。ガソリンを入れて、これをポンプで圧力掛けて点火すると、上に氷ができる。火を焚いて氷ができるのを見たときはビックリしたですよ。

コの字型の学校は兵隊が占領して、全部、どこの部屋も泊まっとった。水が出るのは下の階にあったんですよ。校庭にではなくて、わしらが泊まっとった部屋の真下にあったんですよ、廊下の角に。わしは飯盒をいくつか抱えて下へ降りて水汲みに行ったわけ。そしたら、わしらはこっち側に居ったんじゃが、向こうから、コの字型の向こうから、同じように、兵隊が飯盒抱えて、その水道を目当てに水汲みに来とる。

何と、わたしの同級生。ビックリして……。同級生が言うのには、向こう側には鹿児島の部隊が泊まっとる、自分らはあした、あさってはどっかに移動する、て。もう、会うのも今夜だけしかない、て言うことで、同じ処に与論のが七、八人居る、て言うわけよ。そんなんやったら、今晩、学校の裏の土手で会おう、て言うて。そしたら、たった三人だけ来たわけ、他の連中は勤務に就いておって、来れんやった。一級上の者と、同級生と、もうひとりと三人だけ。

わしは与論の学校を歩いとるわけやが、本籍は福岡県に移しとる。同じ学校を歩いとっても、鹿児島の部隊と一緒でなかった。鹿児島部隊はいつも（前線の）危ないところに遣られとるわけやから、本籍の違いだけで、わしは運が良かったと考えればいいわけやな。

19　腹痛の特効薬は歯磨き粉

フイリッピンのマニラの街は、まだアメリカが上陸しとらんうちじゃから、兵隊の機構がしっかりしとる時やった。兵隊も憲兵隊も街にいっぱい居るから、悪いことができんわけです。

わたしが、ひとつ悪いことをした思い出があります。あんたがた、記憶にないでしょうが、兵隊は歯磨き粉を使いよった。こんな袋に入った粉ですよ。けっこう大きな袋で、これくらい、二十センチ四方ぐらいあったでしょう。でも、いっぱい上までは入ってない（笑）。それにはライオンの絵が描いてある。「ライオン歯磨」ていうてね。それを兵隊に支給しよった。で、わしはこれひとつ持っとった。腹が減っとるし、何か旨いものを食いたい。これを何とかして、土人をだまして、旨いものと交換しようと……。戦地に征くて決まってからは金の一銭も貰わん。兵隊に入って、柳井に居るとき、七円いくらかが月給やった。征ってからは一銭も貰わん。そいじゃから、手持ちの品物でどうにかならんかて、思うたわけやなあ。

日曜日の外出の楽しみて言うたら、軍隊の中では規律が厳しいけど、街ではいろんなものが見られるじゃないですか。金もないし、映画を観るわけでもない。ただ、街を散歩するだけ。マニラの場合は、あちこち兵隊はいても、広島みたいにいっぱいは居らん。

街に行ったら、黒砂糖のこんな丸コロにしたヤツを、ちょうど、饅頭ぐらいの大きさで、底が平で上が丸くなっとるヤツを、ソウケみたようなと（ザルのようなモノ）に積んで、天秤に担いで両方のカゴいっぱいにして行く者が居るわけなあ。言えば、行商やなあ。「あれと交換して食おう」ち、思うた。それを呼び止めて、ライオンの絵が描いてある袋を見せて、「これを飲んだら、腹痛（はらいた）はすぐ治る」て、手真似で。コトバは通じんからね。「砂糖の十個と換えれ」ち、言うたら、そうしたら、疑心暗鬼で、首をひねる……。

言うことを聞かんわけ。しまいには、「三つとなら換える」ち言うた。しかたがない、これを逃したらパーになるが、て思うて、三つと換えて、学校の宿舎に帰ってから、誰にもわからんように、それをかじって。

ところが、悪いことをした、ち思うから、次の日曜日には外出ができんわけよ。まだアメリカが来てないから、街中は憲兵隊だらけやって。兵隊が悪いことをすれば、土人がすぐに憲兵隊に通報するから、悪いことはでけんわけ。もしわかったら、憲兵隊に呼び出されて、営倉に入れられる。もう、大丈夫じゃろう、そろそろ忘れたころじゃろう、というころに街に出て行ったら、ポッて、後ろから摑まえられて、こっちはビクッとした。見たら、その土人の男。「しまった」ち思うた。いよいよ憲兵隊にやられるか、ち思うた。

何と、「あの薬はよう効いた。今度は十個と換えるから、持って来い」て、ハ、ハ、ハ……。わしは、初めから毒にはならん、ていう気があったから、換えたが、あの歯磨きで口の中がスースーして気持ちが良かったんでしょう。日ごろ薬を飲んだことがないと、あれで効いたふうで……。わたしがマニラで悪いことしたのは、それひとつ。ほんと、いま考えても、腹が減っとったし……。だましたていう思い出がある。

マニラで宿営していた学校に居るとき、デング熱ていうのに罹ったんですよ。蚊に刺されて罹るらしいが、あれもきつい病気だった。体中揉んででもしてくれなければ、七転八倒するぐらいきつかった。見かねたんでしょうねえ、かねては見向きもせん古い兵隊が、揉んでくれて、もう、その気持ちの良さがなんとも言えん。それがどうして治ったか、四、五日したら、けろっと治ったですよ。いまでもちょいちょいテレビでその病気の話が出てくるから、やっぱりあるんだなあ、ち思うですよ。

わたしが罹った病気ていうたら、それぐらいやった。ケガの方は、兵隊に入ったばかりのころ、舟艇乗りでシケに遭うて、潮を被った、そのときに、船底にたまった淦（あか）を汲むのに、船にこのくらいの箱があった、水を入れて持って行く箱。その箱で汲んで出そうとしたら、船は揺れる、掬うた水は重い。ひっくり返って、淦を入れたままの箱を右足のつま先に落として、親指を骨折してしもうた。帰ったら、ケガをしたから休んでいいていうことで、練兵休一日。その翌日から、痛いのも我慢しとったら、いまでも親指が内に曲がっとる。これこれ、こうなってる。わたしがケガしたのはそれだけですよ。不思議と弾の一発も当たらず……。

20 強引にブタを持って帰ろうとは思わんかった

海岸には長く居なかった。正直に言って、皆、体力はないし、普通の任務には就けないから、何日かして、そこから移動して、土人の小屋に移った。半月以上居ったんじゃあ、なかったかなあ。戦に勝っとって、敵がまだ来ん時分だからねえ、土人を追っ払ってそこに居った。土人はどこに行ったかわからん(笑)。

その間、仕事がないでしょうが。土人の家は二階になっとって、床下は物置ですよ。暑いから、上の方に人は住んでおる。歩いても頭が当たらんほど高床になっとって、四本柱で、簡単な作りですよ。

床の隙間から下にモノを投げると、それを食べに、放し飼いにしとるブタやニワトリが寄って来る。声ひとつで、寄ってくるんですよね。牛でも水牛でも、皆、声ひとつで寄って来る。あの連中は、餌をやるときに呼んだら、あちこちに散っとるのがやって来る。それだけ日ごろから仕込んどる。

小鳥を捕るのに、木の枝から、メジロとか（ここから）簡単に捕る。どして捕るかていうたら、シュロの繊維を丸く輪にして、それを置いて、鳥が渡っていったときに、首が引っかかる。進んで行けば首が絞まっていく。

家に居っても仕事はない。畑にはサトウキビがいっぱいある。畑に行って、何本か、担げるだけ持って帰って、床に上がって、それを食うのが仕事。終いには、キビの食べカスが山のようになって、地面から床まで届いていた。そのとき、兵隊に征くまえに治療した虫歯がだめになってしまった。被せた金（きん）を、キビで剝がしてしもうてねえ。しもうた、て思うたが、後の祭りよ（笑）。

土人の家に居るとき、床下をしょっちゅう歩くわけですよね、二階は寝るだけじゃから。歩いておるから、土がめくれたんでしょうなあ、椰子の堅い皮が出てきたんですよ。これは何じゃろうかい、て、掘ってみたら、甕壺。それの蓋が椰子の皮やった。貯蔵するための知恵でしょうねえ。日本の兵隊が来たから慌てて皮で隠したわけじゃあないでしょう。

見たら、こんな小魚の塩漬け。この食べ物は与論あたりでもあって、本当の貴重品だったですよ。漁師のところに行かなければ無いわけよな。それがこの魚は与論では年に一ぺん海岸に打ち寄せてくる。そのときには島中の人が、日ごろ漁をせんヤツでも、その魚を捕りに行く。

それは騒動ですよ。アユチドていう名前で、体長がこんな短く、平べったい小さい魚で、群になって上がって来る。それの塩漬けが、主食の芋のオカズ。何と、壺を開けてみたらその魚が入っとった。これは食えるんじゃ、て言うて……。

それを食うたのと、今度は、外米を炊こうとしても、釜がない。あの連中は飯をどうして炊くかていうたら、甕壺で炊くんですよ。ところが、あれらの真似をして、わたしらがその壺で炊けば、二、三日したら割れてしまう。土人は同じヤツを年がら年じゅう使っても割れん。いったい、どうしとるのか、て、あちこちの土人がするのを見とった。何と、バナナの葉っぱを底に敷いて焚きよった。それで割れんのじゃあなあ、て、わかった。

悪いことをしたのは、川が流れておって、その河原の内を通ってみれば、あちこちに木の枝を縛って水の中に浸けとる。あれを見て、何で薪を縛って入れておるのか、その意味がわからんかった。あくる朝早く、土人が川の中に入っとって、ひとりが大きなバラ（丸ザル）を持っとって、もうひとりが枝を取り上げて、バラの上で振ったら、川エビが落ちてきた。さあ、それを見たら、たまるもんか（笑）。それからは、土人が来る前にわしらが行って（笑）。……飯盒で飯を炊くときに、たいがい水がなくなったころに、そのエビを放りこんで炊き込んで……。

だんだん戦況が悪くなってきてからだが、あすこはブタなんか放し飼いですよ。それで、ブタ肉が欲しくなって、土人に一頭くれんか、て頼んだのよ。そしたら、さすがに兵隊が何人もいて、「いや!」ちゃあ、言えんから「一頭ならやる」て言うた。それをもらうことになったが、鉄砲で撃つことはできんわけなあ。玉の一発でも無駄遣いは許されんから、わたしが竹槍を作って、銃剣術の腕で突くつもりで。ところが、逃げて歩くヤツじゃから、わしが片一方に隠れていて、他の連中に、「ブタをわしが居る方に追い込め」ち。皆が追うて、ブタがわしの方に来たから、わしがひと突きした。突いたが、槍が抜けてブタが走り回る。そしたら、後は力尽きてひっくり返った。

それを持って帰ろうとしたら、土人の女が、もう、ボロッボロ涙を流して「子どもの食べ物じゃから、持って行ってくれるな」ち言うて、わしの肩を掴まえてボロボロ泣いた。あれを見たら、難儀してブタを一頭仕留めたんじゃけど、さすがに、捕らずに帰ったことがあった。あの涙を見て、ブタを強引に捕ってこようていう気にはならんかった。

*

半田正夫は青年学校時代に、刈り入れ直前の稲穂を潰して進まなければならない軍事演習に割り切れない想いを抱いた。実戦の場でも、呻吟する姿を隠さない。戦場で食糧の支援が絶たれて、その不足を補うために現地民から徴発したブタを持ち帰ろうとした際に「子どもの大切な食料だから」と、若い母親に泣きつかれてブタを手放してしまった。そのとき、上官から咎めを受けたのかどうかは聞き漏らしてしまった。

＊

これは別のときやったが、普通の牛を一頭見つけて、それを持って帰ろうとしたことがある。水牛じゃなくてね。部隊には台湾兵も居ったんですよ。その連中はすばしっこくて、肉の捌き方なんか、うまいヤツが居って、牛を殺したら、すぐ、四足を離して、担いで逃げて……。それを土人に見つけられて、追っかけられた。そのころはまだ憲兵が居ったから、現場を捕まえられたら、たいへんなことになるから……。ちょうど道が二股に別れておって、古い兵隊がわたしに、「おまえ、ここに居れ！」ち。そして、追って来た連中が「どっちに逃げたか？」て聞いたら「あっちに行った」て、言えて。

そいでわたしがひとり残っとった。そうしたら、何人かが追っかけてきて、いきなりわたしを、「バカーッ」て言うわけですよ。わたしはビックリして、この連中は日本語を知っとると思うた。で、古い兵隊に言われた通りに、「あっちに行った」て指させば、みんなその方角に行きよった。

帰ってから、皆の前で、「土人がいきなりわしをバカて言うた」て言うたら、古い兵隊が笑うも笑う……。牛のことをフイリッピン語で「バカ」ち言う。水牛はタラバオカか、カラバオカかて言うたですが、牛のたぐいは全部タラバオカやと思うとったから、「バカはどこ行ったか?」て、言われたもんじゃから、後で大笑いやった。

水牛はねえ、放し飼い。水牛は水気がなければ生きていけない。田んぼなんかで自分で穴を掘って、少しでも腹を冷やす。水牛の失敗にこういうことがあった。部隊の移動で、荷はいっぱいあるとき、水牛に荷を付けて移動したことがある。まだ、形勢が悪くなっていないときに。米を水牛に付けて追うていった。ところが、水気がなくなったら、ダメなんですよ。体が暑いんですよ。川の沢を見たら、もう、言うこときかん。川のなかに座り込んでしまって、米は全部ぬらした。銃剣で突こうが何しようが、ぜんぜん言うこと聞かん。

輸送での経験だけど、大八車で米の移送したときに、最初は、車に何俵積んでも、平気で坂道を上って行きよった。ところが、休ませて使うということを（兵士は）知らんわけで、無理に使おうとしたら、二日、三日になったら、空車も曳ききらんようになった。水に浸けなければ、使いものにならん。水牛ていうのは、そういうおもしろいものやった。

土人の生き物使いの上手さ、ほんとに口笛ひとつで、こんな小さい子どもが、あんな大きな象みたような水牛に乗って歩く。口笛一つで、牛が座る。そしてまた、口笛を吹けば、頭を地べたにこうして（落として）、鼻の先から子どもが這い上がる。背中に乗って声を掛けたら、立ち上がる。そして、右にも左にも自由に動かして……動物使いの上手さ。

Ⅳ 空の飯盒を離さない死にゆく兵

21 寝ながら、校庭をグリグリ廻る

学校には一ケ月か二ケ月居ったかなあ、元の部隊はバラバラになってしもうて、新しく編成しなおした部隊やった。上に小隊長が居って、その命令で動くんであって、本隊がどのくらいのものなのか、下っ端は何もわからんわけですよ。わしらを指揮したのは少尉が一番上だった。それ以上のはいなかった。

それで、本当だったら、半年以上勤務したら、星がひとつからふたつになり、階級が上がりよったんだが、上げるのは、部隊長以上の者でなければ、できん。小隊長では進級させる力がないから、わしはいつまで経ってもひとつ星の二等兵。そういう哀れな状態やった。また、後からの兵隊の補給がないから、いつまでたっても初年兵ていうわけ。進級なしやってでやあ（笑）。

これだけの期間軍隊に居ったら、一等兵に上がるんじゃ、ていうころになって、公式じゃあないけど、おまえらも、一等兵になったつもりで居れ、て、言われて、死んだ兵隊の襟章を取って、それを付けとった（笑）。それも、ごまかしじゃから、片一方の星を泥で隠して……惨め

なもんですよ（笑）。

＊

筆者は話しを聞いていて、話者の惨めさの矛先がどこに向けられているのだろうか、と考えた。ここに、ひとりの学徒兵の手記がある。その兵は手帳の中でこう叫ぶ。「……この一年間僕は何もしなかった！　鍵をかけられた精神！　命令に追従しただけの肉体！」。「……そうした内面のまえでは、『軍人勅諭』も『戦陣訓』も、何の方針も効果もなく、小学校の修身と変わるところがない」。「軍人の本分は何と形式的で低級だったことだろう」と、軍隊そのものの脆弱な体質に迫っている。この兵は、「男なら、兵隊に征くのは当たり前」という覚悟とは無縁の世界に生きていた。

その学徒兵が、生きるための論理を自分で築かなければすまされないと観念したとき、日常の捉え方が変質していく。「青年の一部だけが兵士となる時代ならばよかったであろうが、いまは、青年の全てが兵士になるのだから、兵士の務めは軍人であるまえに、世代」であり、「国家を背負うべき青年層としての務めを、兵士であるがゆえに怠ることは許されない」と、真っ正面から、脆弱な軍隊精神の立て直しを、自身の内面で試みるのだった。

以上は中支の河南省で、陸軍中尉として戦死したひとりの学徒兵の手記である。大学研究室に勤務し、妻帯している二十七歳の兵である(「従軍手帳　第一部」松永竜樹『きけ　わだつみのこえ』所収　岩波文庫)。

半田正夫がこの学徒兵と相違する点は、軍隊そのもののありかたに対して疑問を抱く前に、いかにしたら優秀な兵になれるのかということに心血を注いでいたことである。自分たちがかかわる戦いが、アジアやアフリカの白人コンプレックスを覆し、独立運動を支援しているのだ、との教えも受容している。「白禍一掃」が目標である。

たしかに、その姿勢は日露戦争の際には顕著であった。だから、白人の側では黄色い肌の武力に脅威を抱き、「黄禍」というコトバまで生まれたほどである。ところが、その三十余年後の太平洋戦争では、いまだに「白禍一掃」のスローガンを掲げてはいたが、内実は侵略行為以外の何ものでもなかった。日本は白人が辿った植民地支配をなぞるようにして、アジアの国々へ出兵していったのである。

半田正夫は、日本軍の行動はアジアの人びとが求めていると確信していたから、連合軍が包囲するなかで、日本が原油備蓄のままならない現状に陥ったときに、ジリジリと干上がっていく水源池を目の当たりにする思いに駆られている。氏は兵役を全うせんがために、あらかじめ虫歯を治し、銃剣術に励んでいる。優秀な兵への道は入営後、磨きが掛けられる。『軍人勅諭』の五ケ条の内、四条目に「軍人は信義を重んずべし」とあるが、それを地で行く日常であった。が、その人の忠誠心は軍そのものにではなく、直属上司へのそれであった。むろん、天皇への忠義に直結はしていない。

その姿勢は復員後も一貫していた。復員軍人のなかには、時間経過の中で、「同期の桜」を高吟し、戦友意識に没入する者もいた。だが、半田正夫にはそうした振る舞いが見られない。ただ、信義だけは忘れない。「信義を重んずべし」のコトバは座右にあり、四十三年ぶりに分隊長の居所を突き止めて面会に向かう姿は、命の恩人へのお礼参りである。

偽襟章着用が惨めに思えたのは、もしかしたら、信義の在りかがわからなくなったからではないだろうか。「一等兵になったつもりでおれ！」も、死んだ兵士の襟章をはがすのも、二等兵の標識を泥を塗って隠すことも、すべてが、信義からほど遠いと思えたからではなかろうか。

*

柳井から一緒だった安東分隊長は、編成替えになって、どこに行ったかわからんわけ。今度はビルマ行きに転勤になった。ビルマで、インパール作戦とか何とか言うて、えらい目に遭うたでしょ。あすこに行けちゅうことだった。相当の数の兵隊が行くことになって、前から居った兵隊も皆入っとる。わしらみたいに遭難した連中はほとんど居らんで、もともと、勝ち戦で残った連中ばかりやった。その中にわしらが組み込まれて行くことになったんですよ。アメリカがフイリッピンにはまだ上陸していなかったから、情勢の悪くなったビルマに遣るちゅう判断だった。もう、マニラの港から船で出られん。出たらアメリカにやられるから、ルソン島の北の端から船に乗ってビルマに転勤じゃ、ちゅうて。今度は陸をズーッと歩いて行った。もう、食糧はないし……。

ルソン島の南から北の端までの、むりやりの行軍ですよ。「休憩！」て言うたときには、バタッとひっくり返って……。いっぺんは、夜間、砂糖工場の中でひっくり返った。「アイタッ！」て、叫んだときには半身しびれて、皆がビックリして、明かりをつけてみたら、サソリが這うてて、これぐらいのヤツやった。あんな小まいヤツでも、やられれば、何時間かは手が動かんやったから。死ぬまでのしびれじゃあないけど、半日は半身不随。やっぱり、南方はすごいもんじゃなあ、ち思うた。治療もせずに治ったですよ。

行くときがケッサク……。鉄砲を担いで行ったのはいいが、夜出発した。先頭が学校の校門に入っとる。皆眠くてかなわんから、歩きながら寝とるわけです。何日か、ぶっ通しで歩いとるから、眠たくてかなわん。腕を締めとるから、鉄砲の筒口は立っとるが、寝てしもうたら、鉄砲を摑んどる手がだんだん、こう、上がっていって、担いどる鉄砲の先が下がって、後ろの兵隊の鉄帽にカチン、て当たる。そうしたら、当たった兵隊が目を覚ます。目が覚めたときには、「あらっ」ち思うても、いっときしたら、また寝てしまう。眠くて続かんからねえ。

夜が明けてみたら、学校の中だった。何と、ひと晩、グリグリ、グリグリ、校庭の中を廻って……。あんなことがあるもんですよ。

兵隊が次々に倒れていく。倒れたヤツはそのままですよ。どうしようもないんじゃから。前進、前進で、前進あるのみやって。死んでいく兵隊の身につけているもので、使えるものがあれば、それを剝がし取るように命令されとる。元気な者で、自分に不自由しとる物があれば、途中で倒れとる者から、取ってそれを使え、という命令だった。もし倒れとるヤツの服がいいのだったり、靴がいいのだったりしたら、どうせ死ぬんだから、それを利用せい、ち命令だった。黙って剝ぎ取って行く。それが当たり前のようになっとって、誰も不思議にも思わん。取られる方も観念しとるから、何も言わんが、飯盒だけは手放そうとしない兵が居った。死ぬと分かっていても、生きている間は、飯を炊いて食うという本能で、空の飯盒を抱えて離さない姿はいまでも忘れられん。

南方の暑いところやから、死ぬと同時にハイ（ハエ）がたかってウジが湧く。それに噛まれる（食われる）もんじゃから、ひと晩で骨が出てくる。その暑さて言うたら、鉄兜を被っとって、丸禿げになった者もおる。同じ部隊にも居ったですよ。

死にそうなヤツも置いていく。引き返してみたら、死んじゃあおるんやけど、髪がこんなに伸びとった。傷ができるのと、ウジが湧くのとが一緒やから、二、三日したらもう骸骨になっとる。

マラリヤ、蚊に噛まれたら、ほとんどの人が罹ったからねえ。あれは時間が来たら、いきなり寒くなって。その怖さていうのはねえ、軍隊では皆にマラリヤの薬を渡しよったんですよ。そうしたら、フイリッピンの老婆が、ブタ一頭と薬一粒と交換して下さい、て来たことがあった。日本のマラリヤの薬は、飲み続けたなら体が黄色くなる。ところが、（降伏して後）アメリカに使われてからも、アメリカの薬を配給しよったが、そんな色にはならんかった。効き目は同じ。

あの病気も不思議なもんで、前からフイリッピンに来ている兵隊で、もう二年あまり、マラリヤをやったことがないていう人が居った。人によっては、そういう免疫性のある人も居るなあ、ち考えた。ところが、行軍中にその人が罹って、途中、ちょっとした小屋があって、具合の悪い者はそこに居ったんですよね。その人をそこに置いてから先に行ったが、本人が追って来んもんじゃから、（上官の指示で）三日ぐらいしてから探しに行ったんですよ。白骨。ハエがたかって、ウジが付いて……。認識票の番号で確認した。

22 ポケットの中のゴミが重い

暑いところで良かったな、ち思うたことがたったひとつ。何かて言うと、その食糧のない時代にねえ、水牛か何かを殺すと、肉がすぐ腐るでしょうが、あの肉を薄く切ってトタンの上に置いたら、半日もせんでカランカランに乾燥する。これは長持ちするからねえ、これがわれわれの携帯口糧やった。暑いところで儲けるのはこれがただひとつや、て皆で笑うたことがある。きちんとした乾燥肉ができる。いまになってみれば、笑い話やが……。

なかにはねえ、どこの部隊の者か知らんが、ブタを一頭引っぱって歩いとるのが居った。肉をあちこち切られて、胸のあたりも切り取られておったが、その部分だけ食われとるんですね。

本人が食うとるんでしょう。ブタはそれぐらいでは死なずにしていて、やっぱり引っぱられて歩きよった。それを見たとき、ブタもかわいそうじゃが、こんなことを考えついて歩くのはどの部隊の男か、ち思うて……。世の中にいろんなことをする人間も居るもんや、ち。

（ルソン島では）毎日毎日、歩きかた（歩くこと）です。眠さと腹が減ってるのと疲れと、そのきつさて言うたら、「休憩！」て、言われて何をするかていうたら、ポケットをひっくり返して、中のゴミを捨てとる。何もないていうことはわかっとっても、休憩時間には必ずポケットをひっくり返しておるんじゃから。要らんモノは全部捨てとるんだということをわかっとって……。それだけきつかったということですよ。これねえ、本気にするのがおかしい、て思うぐらいですよ。皆、軍隊手帳を持っとるが、空白のところは全部ちぎって捨てた。その難儀ていうたら、それはひどいもんですよ。この心境はなってみた者でなきゃあ、わからん。

行軍して歩いとるときに、わしはいつも思いよった。普通だったら、「上の人を見習え」て、教えるが、わしは逆やった。きつい行軍をするときは、自分よりは弱いヤツ、どう転んでもわしよりは下だていうヤツを見つけ、「あれが頑張っとるんやから、わしに頑張れんことはあるもんか」て……。それが倒れていくと、次をねらって、次々にねろうて、最後にわしが残った。

山の中で、ひとりだけで歩いとる人に行き逢った。何か特殊な命令を受けて、調査して歩いとるのかわからんが、そういう連中はモノも言わんから、ただ、黙ってすれ違っただけやった。わしらは新兵さんじゃから、また、余計なこと言うと怒られるから、黙っとった。

なかには相当上の参謀級ぐらいな人が、軍帽も被らずに、普通の服を着て、何かを書いて居る。紙なんぞなかなか手に入らん時やったから、不思議でしたよ。特殊な指命を受けて歩いとるんじゃないかなあ、あちこちの部隊の位置を本隊に知らせる目的なのかも知れん。まあ言えば、警察ていうのか、探偵みたいな、スパイみたいな、兵隊ではあるけど、民間人みたいな格好をして、単独行動して調べて歩き、各部隊を監視しておるのも居るんじゃろうて、思うた。

わしは、いっぺん山の中で、水牛に乗って、水牛はおとなしいから、あれに横座りして、谷間に水飲ましにひとりで行ったんですよ。そうしたら、水のたもとに、ひとりいい歳の兵隊が居って、たいして気にせずに近づいたら、何と、星の三つ付いとる人が座っとった。軍服じゃないんだけど、ただ、将校のマークだけは付いとった。ビックリして、水牛から飛び降りて……（笑）。

23　敵が上陸、追われて山の中へ

ルソン島の北の端に行ったときに、やっと海が見えるところにたどり着いたが、ちょうどアメリカの艦隊が沖に居った。日本の飛行機がまだ居ったころじゃから、それに目がけて艦隊に低空で飛んで行きよったが、ほとんど打ち落とされたですよ。向こうの艦砲射撃と、飛行機にやられて……。わたしらが、ルソン島の北の端に来て、海岸に行ったところが、アメリカが上陸してきて、こっちはビルマに行くどころの話じゃない。もう、見込みなして言うて、後帰り（あと）して、回れ右したときには、もう、敵の空襲でさんざんやった。敵の飛行機が低空で、日本の自動車部隊が道路にズーッと自動車を繋いどるが、それの一台一台に爆弾を落として、焼夷弾を落としていくんじゃから、たまらん。全部やられてしもうた。ビルマに持っていくつもりで並べとったのか、それがわからんのです。

こっちは飛行機も何もない。鉄砲だけじゃから、向こうの自由自在。力の差にビックリして、とても太刀打ちはできん。どっから上陸したのかはわからんが、もう、敵の戦車が走って来たとやもん。前からルソン島に居る連中は、アメリカが上陸したとき、バレテ峠で敵と真っ正面からやったていう記録があるから、わしらみたいに、あっちやり、こっちやりしたのとは違ごうて……。後には、峠では食うモノがなくて、死んだ兵隊を食うた。そこまで激戦だったという、これは事実らしい。わしらは平地に居って、実際、同じ部隊に何人居ったのかもわからんのじゃが、指揮は少尉がひとりで執っとった。それ以上の階級の者は居らん。

わしらは引き返そうとしたが、大きな橋が架かっとったが、汽車が走る橋が、空襲でやられて、枕木がぶら下がった格好で、線路だけ残っとる。だいぶ大きな川やった。それを皆で渡って、ちょうど半分まで行ったときに、向こうから飛行機が爆弾を落としながら来る。遠いところに落ちたかと思うても、すぐに自分のところに落ちてくるんじゃから、ここでぼさぼさしとったらやられる、て。ひとりだけで、だーっと走った。曲がりくねっているレールの上を慌てて走って、渡りきった向こう側の土手にたどり着いた。そこには川に流れこむ溝があったから、その中に飛びこんだときは、線路が落ちるのと一緒。わたしは運動神経が達者だったから渡ったけど、ノロノロしとったヤツは全部下に落ちてどうなったかわからん。橋の途中で撃たれて死んだヤツも居る。残ったのは、まだ橋を渡らずに後ろに居った連中ですよ。考えたら惨めなもんですよ。

そこからさらに行ったら、遠くから、ゴトゴト、ゴトゴト音がするんですよ。こりゃあ、敵の戦車じゃ、ち。戦車が来たら全然相手にならんわけですからねえ、皆、土手の下に隠れたんですよ。ジッと見とったら、何と、それは日本の戦車だったんですよ。ええ、ち思うて土手から出て来たとき、日本の戦車が敵の戦車に遭うて、ボックリやられてしもうた。こっちから、敵の戦車に撃った弾が突き抜けんわけね。向こうからの弾は突き通す。それで、戦車同士の戦もダメだ、と。

敵の戦車が来たら、こっちは勝てんから、穴を掘った。敵の戦車が来れんようにした。何と、穴に落ちても、平気で這い上がって来た。技術的にも全然勝てなかった。こっちが持っとるのは三・八式の歩兵銃ひとつじゃから、平地に居れなくなって、すぐ山の上にあがった。山の中だと敵の戦車も来んし、飛行機もわたしらの居場所がわからんから……。それから終戦になるまで、フイリッピンの山の上に居ったですよ。その生活が、また、きつかった（笑）。

＊

米軍のレイテ島上陸は昭和二十年（一九四五）一月九日である。山間部では敵国ゲリラが活動していた。それはふたつのグループに分かれていた。マッカーサーの直属の「ユサッフェゲリラ」と、もうひとつは中部ルソン島に根拠地を置く「フクバラハップ（抗日人民軍）」であった。後者は農民主体であったが、マニラの労働者や知識人も加わっていた。中国本土でのゲリラ戦を戦った者も合流している。一方のユサッフェゲリラは、アメリカ軍が進駐した暁には、過去にさかのぼって給料を支給されることになっていたので、上陸後にユサッフェゲリラが激増した。いわば、米軍子飼いの集団であったから、民族解放を前面に押し出しての闘いはできなかった。

24　でんでん虫だけは食う気にならんやった

食う物がない。わたしは、山形、秋田の連中と一緒になったが、連中が山の中ででんでん虫を食うたのだけは、あれだけは、また、不思議でした。ナガシ（梅雨＝雨期）時で、でんでん虫は木の葉にいっぱい居る。連中はでんでん虫を捕って口の中に入れて、ガリッとして、パッと殻を吹き飛ばす。でんでん虫の肉は、どこも残さずに食いよったですよ。あすこでは、でんでん虫を食う習慣があるのか、腹が減ったから食うたのか、そこのところはわからんけど、わしらの感覚では、あのでんでん虫を食おうていう気にならん。

野菜の類はそこらへんにいくらでもあるから、不自由はせんけど、塩がないから、炊いて食べても味がない。そのとき、昔の豊臣秀吉の格言を思い出した。わしはそういう歴史書が好きやったから、よう読みよった。秀吉が全国の大名を集めて、「世の中に、ひとつの品物で、一番まずい物で、一番旨い物は何か？」て、問うたら、誰も答えきらんやった。そのときに秀吉が、「塩みたいにまずい物は無か」ち。「あれをそのまま食うても旨いもんじゃない。その代わり、あれを入れなければ、食えるもんじゃない。あれみたいに旨い物は無か」ち。その格言を思い出して、何とかして海に下りて、潮水を焚いて食うたら、どんなに旨いだろうか、て。もう、そればっかり考えたですよ。山のてっぺんに居るわけじゃから。

二、三ケ月、塩分を摂っとらんから、関節がいかれて、まともに歩けんわけ。何とかして、海岸で塩焚きしよう、ち思うても、もう、どうにもならん。毎日、飛行機が上空から監視しとるから。あれは、いまでも不思議に思うが、小型飛行機がゆっくりした速度で、グリグリ、グリグリ、回っとる、竹トンボみたいに。オモチャみたいな飛行機で、わしらはそれを竹トンボて、呼びよった。戦闘に使う高速の飛行機じゃない。偵察機ですね。天気の良いときはしょっちゅう回っとる。

　山の中に日本の兵隊は居らんか、（敵が）探しとるから、昼間は全然火を焚くことができん。煙が上空から見えたら、やられるから。ほいで、暗くなってから、火を焚く。マッチがないから、火の係というのが居った。鉢に灰を入れて、木が炭みたになったやつを火種にして、それを消さんようにする。火打ち石があるわけじゃあないし、火種を消したら、それで終りですから。当番の兵は何もしない。鉄砲も何も持たん。ただ、火を消さんようにするのが仕事ですよ。それだけは最後まで守り通したですよ。

　山の中でそういう生活をやっとって……もうねえ、そのきつさちゃあ、ないわけですよ。関節は上がらんし、それと、ナガシで体中が濡れて、靴脱ぐ暇はなし、履き通しで、足は水虫。その痒さて言うたら、たまらんですよ。もう、何とかこらえられるのは、水の中に足を突っこんだとき、どうにか凌げるわけ。

　ほんと、気合いで生きとったようなもんで……。たった三ヶ月、わたしより早く兵隊に入ったのが居って、もう、一等兵になっとったが、これが病気で、何にもしきらんヤツが、わしを叱り飛ばして、さんざん使いこなして……。あんた（聞き手＝筆者）が送ってくれた本、山本七平の『私の中の日本軍』（文藝春秋）、あれは将校の手記でねえ、わたしらみたいに最後に入った初年兵は、もう、最低なもんですねえ。わしらの後は新兵が入ってこんからねえ、船は来んしで……。

たった、三ヶ月先に入ったていうだけで、使いこなされて。使われっぱなしで。軍隊に入ったら、上官には絶対服従ですから、それでも病気もせんで元気だったからねえ。しかし、逆に言うと、新兵だったから、皆に使いこなされて、それだけ張り切っとった、ていう点もあるですね。

ちょうど、夜、敵にわからんように、小さな焚火をしとった。他の兵隊は別のところに居って、その男とふたりだけのとき、その男がわしに、「水を汲んで来い」のどうのと、わしばっかりを使うわけですよ。こっちはきつくもあるし、水虫にもやられとって、情けなくなってねえ。この男にこんなにまでして、使われなきゃいかんのか、ち。もう、諦めですよね、かえって死んだほうがましや、ち。その代わり、わしは自分ひとりでは死なん、こいつも道づれに死んでやる。

座ったままで、腰にひとつ提げとった手榴弾を取って、それをヤツが見てる前で、灰のそばに転がした。皆、ひとつずつ支給されとった。いざというときに、近くに敵が来たときは投げるし、どうにもならんときには自決をするという意味で手榴弾を各自が持っとるんですよね。

病気で動けんという男が、もう、目を白黒させて、慌てて、その手榴弾を火から離して、わしの顔を見て……。わしは信管は抜いてなかったんですよ。それっきり、その男はわしに何も言わなくなった。名前はカワムラていうたが、いまだに忘れんですよ。

25　イゴロット族から食糧徴発

イゴロット族ていう特殊な人種が居ったです。それが正当な名かどうかは知らんが、一般のフイリッピン人じゃなくて、山の中に住んどる。これが不思議なことに、褌(ふんどし)を締めとる。褌は日本人だけじゃち、思うとったが、赤い布で褌を締めとる。日本人の末裔じゃなかろうか、て思うたがねえ。足跡も何もわからん山の中に二軒か三軒かが固まって家を建てとった。ほんの掘っ立て小屋で、屋根はビローー葉で葺いてある。そして、何日か行った向こうに、また、二軒か三軒建てて住んでいる。移動しているふうでもなかった。

途中に何もない。道もない。後になっていろんな経験をしてわかったが、地面の上に出た木のヒゲね、それに矢印が付いとって、それが道なんですよ。やっぱり、こっちの方角に行けていう印なんやろうねえ。矢印の通りに行けば、連中の住んどるところに行く。だから、当たり前の、人が歩くような道は全然ない。それだけ、隠れて住んでるんですよ。

畑ていうても、日本人がやるようなのではない。耕すとか、段々に作るとか、そんなんじゃなくて、ただ、傾斜地を焼いて畑にしている。唐芋が主食だったふうだが、タバコなんかも植えとったからねえ。葉巻にして吸いよった。それと、不思議なのは、連中が山を開いて畑にするときに、何メートルも上の方から木を切る。二階ぐらいの高さから切り倒す。どういう理屈でそういう切り方をするのかがわからん。地べたに立っとって切るのが一番楽やろうと思うが、足場を作らなければいかんような高いところ、天井ぐらいの高いところから切るんやから。コトバは通じんし、意味をたずねることもできんし、ただ、そういう現場を見ただけやった。

木を切る道具は、タガネやった。小さな木をグリッと曲げて、それでタガネの上の方を挟んで、タガネが抜けんように縄で縛って、それで切り倒す。タガネが三十センチぐらいの長さがあって、ヨキ（斧）みたいにして使いよった。言えば、細いヨキと思えばいい。こんな（両腕を広げたぐらい）太い木も倒すんですよ。暇があるからやれるけど、とにかく、特殊な人種ですよ。

木の伐採現場

その木があちこちに倒れていて、枝が付いておる。その合間にモノを作ってある。焼いてあって、タバコなんかも作っておった。家を見れば、板なんかこんな厚いのが、このぐらいの幅で床に敷いてある。全部にタガネの刃跡がついとる。

そういうところを見つけて、何か食べ物を盗みに行く。そういうことは「絶対にするな」て、上からやかましく言われとるけど、食う物がないからたまらんわけですよ。それで辛抱しきれずに、小隊長にはわからんようにして、各分隊から達者な者をひとりずつ出して食糧徴発に行く。

山の中で塩がなくても、牛や豚を食うとったら多少の塩分があるらしいんじゃ。それもなかなか当たらんで（手に入らんで）……。土人の部落に行って、水牛じゃない牛を一頭捕まえたが、それを連れて来るのが難儀じゃから、て言うて、持ち主の土人も人質に取って連れ帰った。主人が合図すれば牛もひとりで歩くわけじゃからねえ。

水牛は捕まえん。水牛の肉はゴムみたいで噛み切れん。食べるとしたら内臓だけ、肝臓や心臓を煮て食べた。長いことその場に居るのやったら、炭火の上にひと晩でも置いて焼けば、肉もきれいに裂けるようになるが、行軍の最中ではそんな暇はない。

夜が明けん内に連れて帰って、牛を縛ってから、小隊長が言うには、「この土人を生かして返したらたいへんじゃ」て言うことで、拳銃を向けて殺そうとした。土人を地べたに座らせて、拳銃をこう向けた。そうしたら、その土人は拳銃がもの珍しかったんじゃろうなあ、一生懸命、こう覗きこむわけなあ。そうしたら、さすがに殺しがならず（殺せないで）、放したわけ。夜が明けてみたら、その牛も逃げとった（笑）。

わしが忘れられんのは、たまたま、わしの分隊に神戸出身の上等兵が居った。わしも神戸に居ったから話が合うもんじゃから、その人がわしをかわいがってねえ、「自分があした徴発に行くから、食う物を持って帰ったら、おまえにやるから」て、言うて……。何と、夜中になったら、その上等兵が腹痛を起こして、「おい、わしは、もうダメじゃから、おまえ、代わりに行ってくれ」て。

夜が明ける前に、各分隊からひとりずつ、ボソッと、部隊から抜け出して、山の上に行って、一番高いところに着いたら夜が明けて、飛行機が飛んできた。それを見て、「海軍記念日じゃ！　こりゃ、日本の飛行機が来た」て、言うて喜んで……。五月の二十七日じゃないですか？　東郷元帥がバルチック艦隊をやっつけた日ですよ。

イゴロット族の家を見つけて、「よし、あすこに行ったら、何かあるじゃろう」て、まず、鉄砲を一発ぶっ放す。そうしたら、連中はビックリして、反対側に走って逃げて、袋を担いで、矢のように走っていくわけよ。いよいよ（よほど）良い物が入っておるんじゃが、て、今度はそれに向かって、脅しに一発ぶったら、袋を捨てて逃げて行く。どんなに良いヤツが入っているかて、中を見たら、唐芋の干したヤツ。それが主食やろうねえ。

たいした収穫がないな、て言うとったら、ニワトリが放し飼いになっとった。簡単に捕まえられんから、わたしがやったことって言うたら、長い棒を持ってきて、叩くんじゃなくて、地べたを掃くようにして、ビヤーッと振り回してニワトリの足を掬うた。そしたら、コロコロと二、三羽ひっくり返った。それを捕まえて、「もう、これぐらいしか獲る物はないが」て、言うて行こうとしたら、何と、どっからともなしに、槍が飛んで来て、ひと尋ぐらいの長さ（百七十センチ前後）の槍が。ビックリして……あっちからもこっちからも飛んで来る。われわれは四、五名しか行ってないし、それと、鉄砲を持って行けばじゃまになるから、ひとりしか持っとらん。相手の姿は見えんし、こりゃあ、とてもじゃないが勝てん、て。こっちは逃げかた（逃げるだけ）ですよ。逃げて、やっと脱出したときには、腰に提げとったニワトリを全部、途中で落として、無い（笑）。

そうこうしながら山の上から自分らが居った所を見たら、真っ白うしとる。何だろうかい、ち。大きな松に落下傘がぶら下がっとって、その下に爆弾が垂れ下がって、ゆらゆらしとる。落下傘爆弾ていうヤツですよ。その爆弾はアメリカが考えたヤツで、じわじわ落ちていって、それが地べたに当たったら、弾が水平に爆発する。普通、爆弾が落ちたら、上に向かって破裂するから、その近くに居った人間でも助かるが、これは水平に飛ぶもんじゃから、いくら穴蔵に入っとっても、奥まで弾が飛んでいく。そういう爆弾があるとは知らずに、われわれは大きな岩の中に居った。人間が潜って入って行けるぐらいの岩穴で、日ごろから言うとったことは、この岩の下に隠れとれば、少々、敵が機銃掃射しても、大丈夫や、て。皆、そう思うとった。

何と、戻ってみたら、その岩が真っ白うして、皆やられとる。全滅。わしが交代した男は、どうしてか、その岩穴の中では死なずに、二十、三十メーター離れたところに倒れて居って、両手両足が飛ばされて……。はらわたは飛び出して、（腹が）こんな高さに膨れて死んどった。あれを見たとき、交代してなければ、わしが死んで、あの人は生きとった。人の運はわからんですよ。

竹トンボがわれわれの隠れ場所を偵察しておったのかも知れん。それで、次からは絶対にわからんように、ブンブン鳴ったら穴に隠れるか、大木の下でジッとしているかして、姿を見せんようにした。そうして、ひとときは安全じゃ、て思うとったが、後では高角砲の弾が飛んできた。

26　道迷いで命を拾う

敵は竹トンボで上空から何かを見つけたんでしょうねえ。高角砲で、山の向こうから弾だけを飛ばす。そうしたら、今度はそれが、どこに落ちるかわからんわけです。飛行機からの弾は、こっちから見えるから、どこに飛んでいくかわかるが、この高角砲はとんでもないところに飛んでくるから、防ぎようがない。もう、こっちは逃げ場がない。それで、「あの部隊をやっつけない限り、どこにも逃げられん」て言うわけ。それじゃから、斥候を三人、達者な者の中から選んで、敵の陣地がどこにあるか、探りに行くことになった。わたしがそのひとりに選ばれて、斥候に行ったですよ。

なかに、土人にも負けんだけの訓練を日ごろからしとる山登りのプロが居った。普段、足の裏に鉛をいつも縛っとる。その格好で巻き脚絆を締めて歩いとる。皆が倒れるようなきつい行軍でも、鉛を抜いたら、ピシャッと元の元気に戻りよった。わしがプロには叶わんっていうのはそこですよ。斥候はいつもその男やった。その人が長で、わしら入りたての新米が付いていく。わしは現役兵じゃし、若いから、そういう難儀な仕事ばかりやらされとった。

行ったのはいいけれど、何と、道迷いして……。ジャングルの中でしょうが、朝行った所に、夕方、同じ所に来てしもうた。これでは斥候に出た価値がない、このままでは本隊に帰れん、ていうわけで、翌日、もう一回、精神決めて（心を入れて）、やり直した。

ジャングルの中を、相手に気づかれんように……ズーッとこんな険しい谷間です、深い谷間でねえ。崖が切りたったとこで、下が川じゃから、こちら側（敵陣地のある側とは反対側の川沿い）をズーッと歩いて上って行った。三人だけで、音のせんように。帰り道を間違わんように、あ

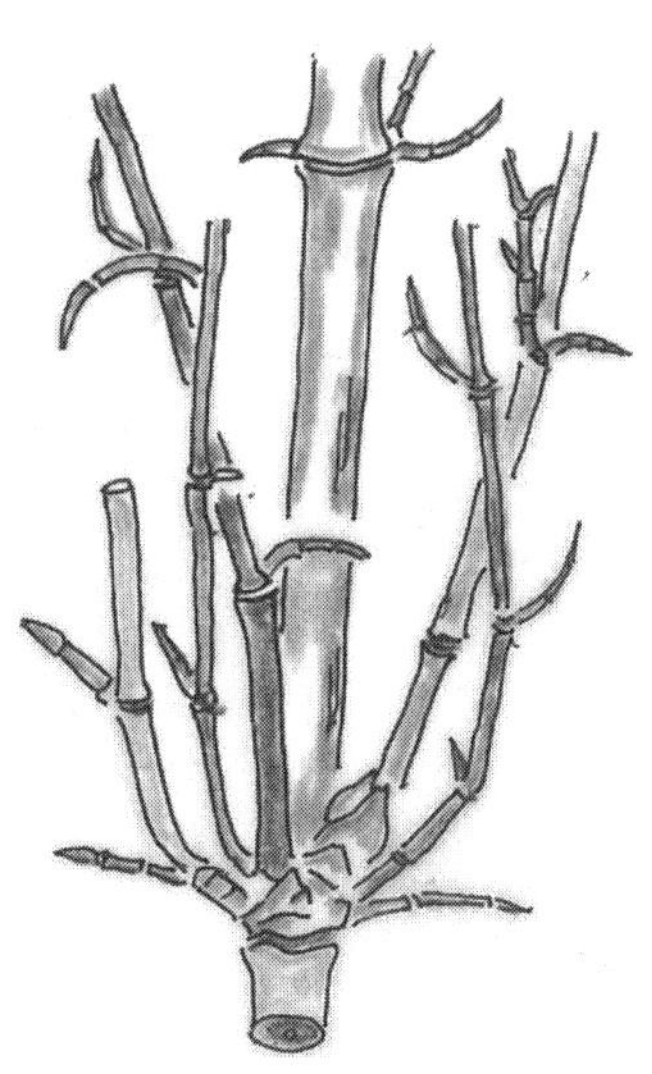

フィリピンの竹＝シチク（刺竹）

ちこちに印を付けて行った。その印も、人にわからんようして付けた。

ビックリしたのは、フイリッピンの竹ですよ。これぐらいの太さのトゲがあるんですよ。全然折れるトゲじゃない。節のとこから、枝みたいにして真っ直ぐ出ておる。その竹藪で、そのトゲに突かれたら、動きがならんです。それで暇を食って、やっとかっと、藪の中を潜って行った。

深い谷のこっち側をずーっと行ったら、谷間の向こうに敵の人間がいっぱい居って、ワイワイ騒いどるのを見つけたもんじゃから、「ああ、ここに居る」ち。道迷いせんように、来た道を戻って行った。今度来るときのために、ある程度道を作って帰った。やっとかっと本隊に行って、「こうこうして、敵は居った」て。

確かに目星は付けとるから、準備して、襲撃することになって……。昼間に行ったら勝てんから、夜襲をかけることになり、二日か三日してから行ったですよ。準備せにゃあ、いかんからねえ。病人は行けんし、元気な者だけで、何人で行ったか、そんなに多くはなかった、ち思うが、わしらは下っ端じゃから、命令通りに使われて、その日その日をきりきり舞いしとるから、全体のはっきりした数字はわからんですよ。それと準備するていうても鉄砲だけしかないんですよ。ただ、腹ごしらえ。

食糧もないけど、食わなければ元気が出んからねえ。生きるか死ぬかの覚悟で夜襲するわけやから、もう、全滅を覚悟で行くわけじゃから、とにかく、あるものは何でも食うて体力をつけて行こう、ていうことで……ありもせんけど、ないヤツを（笑）……。毒にならん草がいっぱいあるから、それを焚いて食うだけは食うて……。とにかく、明日のことは考えない、食えるものは何でも食おうていう考え方ですよ。そいで出発した。

ところが、さっさ行けるような道じゃないですからねえ、行くのも時間がかかって。行ってみたら、敵がいないわけ。「ははあ、わしらの勢いで、敵が逃げたなあ」ち（笑）。まあ、喜んで、谷間を渡って向こうの敵の陣地に行ったら、奴らは、贅沢半分に食った缶詰のカスを谷間に落としとる。ゴミがずーと下まで落ちとる。敵がいなくなって、安心して、食い残しがありゃせんか、て、今度はそれを引っかき回すのが仕事ですよ。ラード油の缶詰、あんなものがあるぐらいで、旨い物は何もない。残ってても、腐って食えんのが多い。

八月十六日、その後まる十日間ぐらいそこに居ったですよ。居残っていた病兵もあとからやってきたんだろうけど、そういうことはわれわれには全然わからんですよ。

言えば、残飯拾いをしとったら、本隊から「終戦になったから、帰って来い」ち連絡があった。敵は逃げたのではなくて、終戦になって引き揚げたんではないかて、いま思うんです。ワイワイ騒いどったのは、戦に勝ったんだから、こんなへんぴな山の中に居らんでもいいていう考えで、喜んどったんでしょう。終わった直後だったわけやねえ。ということは、三人が道迷いしとらなかったら、一日違いで完全にやられとった。あのときは、さすがに運が良い、て思うた(笑)。あれが一番運が良かったことですよ。こんなこと、ちょっと、考えられんでしょ。

27 飯盒一杯半の塩を一気食い

戦が終わったのも知らずに山の中に居ったが、本隊から「終戦になったから帰れ」ち言うことで帰ることになったが、わしは、もう、ガックリしてしもうて……。いままでの張りつめた元気がバッタリなくなってしもうた。本隊がどこの何ていう所にあるのか、戦に勝ったのか、負けたのか、それもわからんまま皆と本隊に行く途中に、ちらちら耳に入ったのは、戦に負けたんだ、という情報だった。本隊から来た伝令の者が、わしらが入っとった部隊の上の者に言うたんでしょうね。下っ端には何もわからんからねえ。

こっちが戦に負けたてなったら、今度は途中の道にフイリッピンのゲリラがズラーッと並んで待ち構えとって、良い物は全部あれらに獲られちゃうわけです。わしらは、負けた、てわかったから、抵抗はせんわけだから、こっちが身につけている物は何でもかんでも獲ってしまうんですよ。兵隊の襟章なんか、記念にていうて全部むしり獲られた。それから、軍隊手帳、時計なんかはめとる者は全部、獲られとった。わたしは後ろから行きよって、前の者が獲られとるのが見えたから、「こんなヤツに獲られてたまるか」て思うて、わしがやったことは、泥んこの水のなかにひっくり返って、頭から泥んこになって、そして、行ったら、土人の誰もわしから物を獲ろうとする者はいなかったよ。

ところが、用心深い者が居って、時計をいつもフンドシの中に隠して、とうとう、日本まで持ち帰った男がひとり居った。人にわからんように隠し続けるていうことは、並大抵の神経じゃできんですよ……。人間には根気が強いのも居るんじゃなあ、て。

山から平地に出たとき、わたしはガックリして、精も魂も尽きはてて、皆についていけなくなってしもうた。三ヶ月前まで、佐賀の出の初年兵がひとり居ったけど、それも死んだんだから、結局、わたしひとりが一番の下の兵隊になった。下だから、一番の元気でやらにゃあいかんのだが、一番弱ってしもうて、皆について行けずに、ひとりだけ、トッコントッコン本隊に帰りよった。とうとう、わしひとり山の中に残されてしもうた。

＊

終戦を知らされるが、その瞬間に力が抜けて、歩けなくなってしまった。それが勝利なのか、敗北なのかは知らされていないのである。最下層の兵は戦争の全体像を知らされないまま、日々の雑務に忙殺されていたから、終戦の一語は、張りつめていた気力を瞬く間に萎えさせた。だから、終戦を迎えても、語り手（半田正夫）には敗軍の将が味わう後ろめたさは微塵もない。

最下層兵と好対照なのが、作家の故島尾敏雄氏である。特攻隊の長として生き延びたのだが、戦後に生きる理由がつかめずに、後ろめたい気持ちが消せなかった、と本人は言う。氏は異常体験の意味を戦後の日常の中で問い続けることで、何十年間かを過ごすことになる。

後ろめたさを野戦生活のただ中で体感している人もいた。先述の『従軍手帳』の著者がそうである。幹部候補生として、見習士官を拝命したときから、兵と将校との間の越えられない一線を実感する。兵であったときは、「(任務への) 消極と偽装は論理的であった」が、今後は「僕の方針は変更を要求される」と告白している。その変節を超克しようとして、「今まではできるだけ殺すまいとして生きてきた。これからは殺そうと意志するのだ」。それだから、今後は、「(いままでは) 生きて帰りたいと思い、在隊中の時は数えまいとした。今は死のうとしてすべての時を数えるのだ」と。兵を先に死なせ、将校が生き延びることを許さないのだ、と自らに言い聞かせ、後ろめたさを押しつぶす。

＊

何と、途中に塩が山のように投げて(捨てて)ある……。海軍の兵隊は陸に上がったら、戦はせん、て言うとった。自分らは海でやるもんじゃ、陸の戦は陸さん(陸軍)がするもんじゃ、ていうことで、泊まる準備だけして、トタン板、小屋を作る材木、天幕、そんなものを準備して、戦はせずに食う物だけ持って陸に上がって移動しよったらしいんじゃなあ……。その連中が、終戦になって、「もう、いらん」て言うて、塩を山のように捨てていっとる。そこに行き当たった。まあ、そのときの嬉しさ。さあ、それを見たときには、飛びついて……。平地を行くときは、途中に土人も居ったし、適当に塩も口にしよったが、山の中に入ってからというもの、やがて十ヶ月余り、塩分を摂ってないから、一升五合、ペロッと食べた。飯盒で一杯半……何と、塩の旨さていうたら……誰もが、そんなバカなことがあるもんか、て言うよ。ところが、もう一回ちゃあ、全然食えなかった。……最初の一回は、白糖を食うような旨さね。体が要求するわけ。二回目は食えんかった。塩を飯盒にぎっしり押しこんで行きよったら、向こうから、七、八人、わしを探しに来た。

本隊の方ではわしが来てないていうことで、部隊長に、「千二百分の一が帰ってきてない！どうしたか？　何でひとり置いてきたか！」て、言われてわたしを迎えに来たですよ。わしはその部隊長にたったいっぺんだけしか会うたことがない。いっぺん見たきりだから、階級もわからんが、一番上の人やった。部隊長の方はわしをよう覚えとって、「お前らは柳井に入営したときは百六十人そこそこやが、全国の船舶工兵の同期は全部で千二百人居る。それで、おまえは千二百分の一じゃ」ち、「おまえは、絶対死なん」ち、その部隊長に言われたことがある。戦地では下の兵隊から先に死ぬわけやから、使いこなされて。珍しくわしひとりが生き残ったから、それだけ、印象に残って居ったんでしょう。それやから、わしが帰ってきてないということで、「探して来い！」ていうことになった。

塩を持って帰ったら、上の兵隊（上官）がいっぱい居る。わしの周りに来て、わしをほめたら少しでも塩を舐めさせてくれるか、て。もう、終戦で階級はなくなったんだからねえ、負けて。上の者が威張れんわけよ。ヘタすると反対にやられるから、上の者ほどおとなしくなる。いままでとは形勢逆転で。階級章なんかないんですよ、獲られて。また、そんなものを付けとったら、かえって、フイリッピンの連中にやられるからねえ。

まあ、その塩の……たいしたもんじゃった。初年兵からいっぺんに中隊長の位になったようなもんですよ（笑）。塩が切れると、もう、関節が上がらなくて、足なんかも両手で持ち上げとったですよ。サジで少しずつ皆に分けたら、神さまみたいに……（笑）。

V

えらい国に還って来た

28　もっと早ように捨てればよかった

本隊に帰る、と言うことは、戦に負けたんじゃから、鉄砲には全部に菊の紋章が打ってあるんですよね、あれを石で全部潰して、わからんようにしてから、本隊に行ったら、アメリカが居る。鉄砲をわしから取り上げた、ち思うたら、それを谷底にポイ……。ばっかみたいに、難儀して重いのを持って来んでも、もっと早ように捨てればよかったが、ち（笑）。

アメリカに指示されるまま、収容所に行くことになったが、そこが何ていう名の収容所かはわからん。途中、与論の同級生とバッタリ会うた。マニラの校舎の裏の土手で会った三人の内のひとりで、その男が何て言うかていうたら、「他の連中は全部戦死した」て。そして、歩きながらの話で、「何か、ピカドンと言うようなのにやられて、日本は負けたそうじゃ」て。広島、長崎に落とされた原子爆弾をその連中は知っとった。わたしとしては、ピカドンの意味がわからんわけですよ。わしらは、ただ日本が負けたていうことだけ聞かされただけで、あとのことは何もわからん。その男がどこから聞いてきた話なのかそれもわからん、もう、歩きながらの話やからねえ。

その男は不思議やった。学校時代、どっか他所から来た人やろうと思う。元からの与論の人やなかったろう。えらい上品なばあさんとねえ、妹と三人で、（与論島内にある）茶花のミナトで暮らしとった。淵之上という苗字は与論になかったから。鹿児島に淵上印刷ていう大きな会社があるが、その男は淵之上て言うた。読み方の違いで、どっちにでも読ませたんでしょう。そうして、別れて……。復員して還ってきてから、また、大牟田でひょこっと会うた。それっきり、その男とは。

わたしと水汲み場で最初に会うた男というのは戦死しとった。わしより一級上の男で、兄貴がさらに一級上に居った。兄貴というのは、鹿児島の師範学校出て、教員はせずに、鹿児島市内の易居町で大きな商売をしとったですよ。古着屋の大きな商売をしよった。戦争にも征かんやったとじゃろうなあ。死んだのはその弟ですよ。復員して鹿児島に帰って来てから、わしはあすこの店の前を通りながら、店を訪ねようか迷うて……。良い知らせじゃないからねえ、弟が戦死したていうことは。なかなか言えることじゃないし、またそこに行けば、哀れみを乞うような、何か物欲しそうにしとるんじゃないかて、そう思われそうで、弟が戦死したことをとうとう言い出せんやった。中之島のナナツヤマに入って来てからも、鹿児島に出ると、しょっちゅうその店の前を通るのに、言い出さんやった。十何年か前、そこを通ったとき、そろそろ弟の話をしてもよかろうと思って訪ねたら、子どもの代になっとって、「親父は入院しとる」て言うから、とうとう、話さずじまいで帰ってきてしもうたですよ。

与論からは志願で来とる連中も居って、わしの友だちの弟も志願兵で来とった。校舎の裏で会わずじまいで、あとで聞いたら、それも戦死しとった。わたしは、国で決められた二十歳で徴兵検査で征ったんだけど、状況が悪くなってからは、十六、七から志願兵で征きよったんだから、それで、わしらの部隊にいないだけで、わしより年下が他所ではいっぱい居った。友だちの弟もそのひとりですよ。男だったら兵隊に征くのが当たり前で、特に志願して征くのは、皆から祝福されて征ったわけですから。

29　収容所ではビニールに驚く

収容所の名前もわからん。皆、食うものが無いから、本隊に行って列んどるうちに、次々死んでいく。それと、食う物が体に合わんでしょうが、油もんなんか食うたら、コロコロ死んでいく。

第一キャンプ、第二キャンプていう具合に、いくつかあって、どれだけの人間が居るか、わしらにはわからん。何万人て居ったでしょうから、そりゃあ、見渡す限りの広さですよ。脱走せんように囲いをしてある。その収容所のなかに、与論の人間がひとり居ったらしい。わしは知らんのだが、その男は、どうやらわしが居ることを知っとったらしい。まだ、わしが島に帰らんうちに、その男が先に帰っとって、わしが生きとるらしい、ていう話を島の者がちらほら聞いていたらしいんですよ。

行ったら、まず、日本の服は脱がされて、腕にローマ字で「PW（Prisoner of War＝捕虜）」て、白いペンキで書かれた服を支給された。ダボダボの大きな服で、どこに行っても捕虜じゃ、てわかる。収容所に入ってからでも、いろんな噂があって、「終戦は嫌じゃ。自分らは絶対降伏はせん」ち言うて山ん中へ逃げて行った連中も居る。あの有名な横井庄一みたいな兵隊もおる。ルバング島で、あれはひとりだったんだけど、相当の人数で逃げ出した連中も居る。

やっと、アメリカが収容所を作るて言うて、野っぱらに大きなブルドーザーが来た、ち思うたら、ズラーッと平地にした。天幕を持って来て、一日で二十何人入る天幕を、いっぱい作ってしもうた。そのやることと言うたら、想像もつかんわけです。桁が違う。「やっぱり、違うなあ」ち思うたですよ。適当に人数分ずつに分けられて、天幕に割り振られた。あちこちの部隊から集まって来て、ごちゃ混ぜで、誰がどこの者か、全然わからんです。

それと当時、すでにアメリカにはビニールがあった。日本の天幕は、木綿に油を塗って防水しとるが、いっときしたら雨がザーザー漏る。あれ（米軍）のなんか薄いビニールだが、良くできとる。

そのビニールには穴があったり、ボタンがあったりしとる。それを二つ折りにしたらカッパになる。真ん中が絞ってあるから、何かと思うて見たら、頭が入るようになっとった。穴に首を突っこんで、両側に垂らし、ボタンをパチパチて締めれば雨カッパになる。今度は、集団で泊まるときは、そのカッパをボタンで何枚も繋いで大きくすれば、それが天幕になる。日本のは紐で引っぱったりするが、全然違う。何から何まで桁が違うですよ。

それと、携帯口糧、保存食があった。ビニールに包まれとるから、湿気を吸わんし、粉ミルクなんかも入っとった。アメリカはパン食やから、一度にパンをいっぱい焼いとけば、カマドも要らん、火も要らん。わしらは米を食う。生では食えんから、焚く。もう、食う物からして、コメは戦に向いとらん。アメリカに負けるのも道理じゃ、ち親父が言うたのを思い出しとった。

アメリカが妙なマッチを持っとったのには驚いたですよ。何でもかんでも、靴底にでも擦ったら火が出た。あれにはビックリしましたよ。山の中を火鉢を抱えて火だねを絶やさんように歩いとったのとではえらい違いや。

天幕は真ん中を通路にして、片方に十ぐらいのベッドを並べとった。アメリカ式じゃからベッドで、簡単な組み立て式のヤツやった。それがですよ、わたしが終戦になって番号で兵隊を登録しとったから、十三万三千番までは覚えておる。だから、それ以上の兵隊が残っとった、ていうことでしょう。ルソン島にですよ。あとの数字は忘れたけれど、十三万三千までは覚えとる。それだけいっぱい収容所に居った。

天幕には二十四人が居って、わしらのには特務曹長がひとり、これが一番上やった。将校はどっか別に居ったんでしょうなあ、よくはわからんが。階級からいくと、曹長の上に特務曹長が居て、その上に少尉がいる。その中間に准尉ていうのが居った。われわれの食事当番の班長が特務曹長やった。

30　食う物がないから、出すものもない

食事では、今までの兵隊生活では、下っ端が炊事当番をしよったが、戦が終わってからは、上も下もなくなって、かえって、上の者が食事当番の責任者になった。そこで一番上の特務曹長が炊事班長ですよ。桶に二十何人分の重湯を自分の天幕にバケツに入れて持ってくる。それを缶詰の空き缶に竹の柄をすげたシャモジで掬う。皆が列んで、平均に入っとるかどうか、見とるわけなあ。班長が掬うた重湯を皆に見せるわけ。そして、皆が「うん」て言うたときに、初めて食器に移す、食器は渡されておったから。そうして次のひとりに配る。もう、上も下もないんじゃから。

ひとり一ぱい。そして少し残ったら、今度はサジで掬うて分ける。サジで配るほどもなくなったら、後は、炊事班長の儲け。ということは重湯じゃから桶の周りに、ノリみたに付いとるから、それを、こうして指でグーグー落としたら、サジで何杯分かある。それが班長の儲け、役得ですよ。

全部配り終えたらねえ、誰も食べようとせんわけよ。桶と、片一方に、大きな缶に湯を沸かす。燃料はガソリンですよ。それに砂糖も何も入れずに、色だけ付いたコーヒーを沸かす。それがお茶代わりで、皆がめいめい汲んできて飲む。腹いっぱい飲む。嫌ていうほど飲む。その後に配給された重湯を食えば、食うた気がする、ていうわけよな。ところがどっこい、誰も、いざ食べましょうて言うても、食べんわけ。なぜ食べないかていうたら、人が食べた後に、一番最後に食べたら、人より余計に食べたような気が起こる。これは、ちょっと、経験した者でなからにゃあ、わからんですよ。

終いには班長が、「もう、こうして待っとっても、いつまで経っても食べんから、皆、一、二の、三で食べましょうや」て言うて、そのときに仕方なしに食べる。食べたら、後は、舌で食器を舐める。アメリカの食器は、こういう丸いヤツで、それに蓋が付いとる。このぐらいの、六～七センチの浅さじゃから、全部舌で舐めるから、洗うちゅうことはせん。ステンレス製の器で、わしは記念に持って帰ったのだが、家のどっかに、いまでもあるはずじゃが（笑）。家内が帰って来んにゃ（来ないと）、どこにしまってあるかわからん。

そんなもんを食わされてたら、腹が減ってたまらん。それでも、使役には引っぱり出される。トラックにドラム缶を載せれ、て言う。ところが、十人かかっても、ドラム缶一本を載せきらん。長い板を荷台に渡して、その板の上を転がして、下から押し揚げるんじゃが、物を食うとらんから押しきらん。アメリカの豪傑が居って、「オッ」て言うて、ドラム缶をひとりで載せるのが居った。ビックリしたですよ。「ホーッ」ち思うてね、こっちは十人居っても……。

トイレになんか全然行かんわけよ。トイレは端の方に一ケ所に作ってあった。アメリカ式になっとって、穴を深く掘って、その上に木の床を張って、真ん中に椅子の高さの、丸い島を作る。その円の縁に沿って、丸い穴がズラーッと開いとる。蓋を開けてそこに外を向いて座る。一度に十何人が座れるようになっとった。皆が尻を内側に向けるわけなあ。その穴にゴットリ落とすごとなっとった。

当時、日本人は座り便所でやった経験がないから、座っては出らんわけ。大都会の神戸に居ってさえ、見たことないですよ。大きなホテルだったら、あったのかも知れんけど、普通の旅館あたりではそんなの、ぜんぜんない。ほとんどの兵隊は田舎から出て来ていたから、トイレのその上にしゃがんで日本式でやる。アメリカもたまに来よったけど、日本人の格好を見て、それが当たり前じゃ、て思うてか、見らんふりしよった。それが、だんだん慣れてきて、座ってトイレをするようになった。

消毒だけは徹底してしよったなあ。毎夕、ガソリンを投げ込んで火を着けよった。食堂なんか網戸はなしじゃが、ハイが一匹居ったら、噴霧器で殺虫剤撒いて、そういうことは徹底しとったなあ。南方じゃから、ハイは多いのに、一匹でも見つけたら殺しよった。

やっぱり出らんわけなあ。食いもんがないから、一月経っても、二月経ってもトイレに行けんわけ、出すもんが無いわけ。それを何日か通って、やっと出たていうときには、山羊の糞みたいな、こんな小さなかたまり。これはねえ、話してみんなら、わからんがねえ……。

ところが、炊事勤務の連中は、飯を炊いたり、オカズを作ったりする。炊事する所は広く取ってあって、自分が炊事しているから、贅沢に食うとるわけですよ。皆に配るヤツていうたら、重湯、牛乳みたいな重湯、ただそれだけですよ。それで、わしら、仕事がないときは暇じゃから、こうして、道に出てする話ていうたら、炊事勤務の連中の誰が、トイレに行ったか、て。朝一回行った、昼も行った、て。「あれが、きょうは何回行った」て。これが、また、仕事よ（笑）。

あんまり腹が減っとるもんじゃから、夜、炊事場へこっそり入って食う者が居った。それが捕まって……何とそれが坊さん。まだ負け戦にならん内に、宣撫班として来とったんですよ。いろんな宣撫班が来とった。わしは聴かんかったが、浪花節で有名な広沢虎造なんかもマニラに来とった、兵隊の慰問に。車の前には佐官級の赤旗立てていたが……。その坊さんが捕まって、電信柱にくくりつけられてねえ。炊事勤務の連中が縛ったんでしょう。どんなに修行しとっても、腹が減るのだけは辛抱できなかったんでしょう。人間の欲で一番は食い物です。何ぼ修行したっていうても、わしの方がよっぽど偉いんじゃ、ち自信持っちょった（笑）。他の人が辛抱しとるのに、わしがでけん（できない）ことはない、て思うとったからねえ。気持ちのもちかた次第やなあ。

暇なときは、「熊本では、カボチャはどうして食うたら旨い」て。「えっ、帰ったら、さっそく、それをやってみらんな」て。どこからか紙を拾ってきて、いっぱい書きつけて、全国のあちこちから来とるから、各地の料理方法を聞いて……もう、腹が減って食うことしか考えんわけです。ところが、贅沢に食えるようになったら、その紙切れはどこに行ったか、もう、ありもせん（笑）。

食う物がないころ、わたしが一番残念に思うたのは、たまたま、ネズミが穴から出てくるヤツをわしが捕まえて「これを食えば旨いじゃろうなあ」ち、ふと思うたが、これまで食わなければ、わしは生きて行けんのだろうか、て思うたら、情けのうなって、ネズミを食おうていう気にならんで、通り道に投げた（捨てた）。

休憩時間にわしがひとり天幕の中に居って、道を眺めとったら、向こうからトコトコひとり歩いて来たヤツがネズミを見て、ぱっと踏まえて（踏みつけて）から、あたりを見回して、誰も見とらんて、わかってから、それを手で取って……。奥の方にゴミの焼き場がある。そこはいつも火を焚いとったから、そこに持って行って針金でネズミを縛ってから、火の中へくべよった。

あれを見たときには、「しまった！」ち思うた。そうしたら、それを何人かが見とって、「頭の方の肉が旨いじゃろう」、「しっぽの方の肉はどうじゃ」、「足の方が旨い」のて言うて、ちょっとでもほめたら、「少し分けてくれんだろうか」ていうような調子やった。食糧が無いていうたら、あんなもんですよ。その男が焼けたネズミを針金で引っ張り出したときには、プッと走って行ってしもうた。

あれは、もう、ホントに残念ち、思うてな。捕ったのはわしじゃ、ち思いがあるからなあ。あの悔しさはいまでも忘れんですよ（笑）。

31　あと半年、頑張っとれば……

いろんな部隊が居る。黒ん坊ばっかしの部隊、白は白ばっかしの部隊が居る。いろんな兵科に別れて居るから、あちこちに部隊が居るわけですよね。わしらが使役に連れて行かれる。どこの部隊に何人、黒ん坊の部隊に何人、白ん坊の部隊に何人ていう割りふりが収容所にあって、トラックで引っぱられて行くわけです。日本に帰るまでそういう日常やった。

わしらはトラックに乗せられて、いろんな仕事に行きよりました。収容所の囲いから運び出されて、外に出て行くわけです。自動車の整備工場に行くとか、いろんな専門の仕事があった。食糧を専門に渡すところもある。食糧は食糧の係が各部隊に居って、それを運ぶのに何人かを連れ行く。トラックに缶詰の箱を積む。何の缶詰が何箱、何が何箱ていうて、こっちはポンポン放り込んで、高さが何段で、横が何列で、て掛け算すれば何箱積んだかわかる。「こうこうじゃから、はい、終わりました」て言うたら、「おまえら、デタラメ積んだ」て言うんです。やっとかっと積んだ荷を全部降ろせ、て言う。掛け算を知らん。それには参った。降ろして、今度はあいつらが紙を持ってきて、ひとつずつ……。その数が合うたら、ビックリするわけです。それが二、三ヶ月続いたなあ。

釘の一本打てば、「おまえは大工か?」て。こんな調子ですよ。あの連中は、日本人みたいに何でもかんでもはできんで、センモン(専門職)に分かれとる。

黒ん坊の兵隊のやることが、またケッサク。日曜になったら、外に遊びに出るんですよ。そしたら、自分の部屋の鍵を衣装箱に入れたまま、閉めてしもうたもんじゃから、外出ができん、て言うて。わたしはそれを見て、そうか、それなら、わしが開けてやる、て言うたら、妙な顔をする。後ろが蝶番で止めてあったから、ねじ回し代わりになる、平べったい金物を持っていって、マイナス(一)ネジをクリクリ回して蝶番を外して箱を開けたら、相手は目ん玉白黒させとった(笑)。

わたしは小学校のときに、「教科書をしっかり習っておけば、世界のどこに行っても恥はかかん」て、そう言う先生が居ったが、「さすがに」ち思ったね。六年生のときに教わった先生で、沖永良部(おきえらぶ)の人やった。ざっとアメリカの地図を描いて、ニューヨークはここ、シカゴはここ、サンフランシスコはここ、て、アメリカ(兵)に見せれば、相手は「おまえはアメリカに行ったか?」て、こんな状態ね。六年まで通えば、外国の主だった国の主要都市の名前は覚えているからね。日本の義務教育の制度は良かった、ち思う。

黒ん坊の兵隊になったら、また、一段と程度が低うして、十以上は全然数えきらん。どうするか、て言うたら、負けた連中が収容所に居るわけじゃから、それを仕事をさせに車で呼びに来るわけなあ。仮に、三十人だったら、連れて行って、帰るときもぴったり三十人を返さないかん。わたしらは二列に列んで点呼して、「はい、異常なし」て、やると、黒ん坊は、「十人ずつ並べ」て、言う。それを見て、「ワン、ツウ、スリー」て、これで十数えたら、前に出れ、そして、また次の十人数える。ほんとに、もう……（笑）。掛け算を知らん、十以上数えきらん。「こんな連中に負けたか」ち思うたら、ほんに、残念でねえ。兵隊になって初めて白いパンを食うたという黒ん坊もおったですよ。将校になったら、さすがに掛け算は知っとった。

わしが一番残念に思うとは、アメリカの将校がわしらに何て言うたか、ていうと「おまえら日本の兵隊は、あと半年頑張っとれば、アメリカは自滅した」て言うたですよ。なぜかていうたら、日本とは違って、アメリカ、イギリスは女が天下とっていて、女が騒動して「戦は止めれ！」て。イギリスは男が皆兵隊に取られて、残ったのは女ばかし。男は戦死したりするから、遺された家族は不平等じゃ、て。兵隊に征かん男を自分らに遣れ、て（笑）。そんなニュースがあったんじゃからね。アメリカは特に女が強いから、「もう半年頑張っとれば、女が立ち上がって自滅する」て聞いたときには、「やっぱりそうだったのやろうな」て、ほんに残念に思うた。

白人に全然頭が上がらなかった時代に、日本は我慢しきれずにあの戦をしたんじゃ、と、わたしは神戸に居ったから、そういう状況を知っとる。この調子でいけば、油も切れて、日本は船も動かせん、何も動かせん。で、白人の言いなりになるしかなかった。最初は連戦連勝で日本が勝ったわけでしょうが、それを知って他の黄色人種がビックリした。白人の属国だったのが、「白人、何を恐れることがあるか！」て、独立運動を起こすようになったのは、日本の戦のお陰ですよ。イギリスは世界の陸の三分の一以上の土地を持っとったんじゃから、オーストラリアから、インドから、持っとったから、あれからすると、日本の戦は聖戦じゃ、ち。

32　あすこの生活は楽しかった

終戦になって、捕虜になったわけだから、悪いことをしたら、日本に帰さん、ち。じゃから、絶対に悪いことをせずに、できるだけまじめにしよう、て、くそ真面目にしよった。

　半年経っても日本へ帰さんでしょうが、「この連中は、男のキンを取って、死ぬまで使い殺しにする気じゃ」て、こういうデマが飛んだわけよ。「ええい、帰れんぐらいだったら、今度は徹底的に悪いことをしよう」て、なった。日本人が徹底してするていうたら、それはみごとなもんやった。盗みをやり出す、アメリカの兵隊をだます、で、徹底的にやりよった。日本人が協同してやったなら、アメリカ人なんか、赤子の首をひねったようなものやった。

　アメリカはいろんな部隊が居るわけやが、一ヶ所に何でも山積みにしとった。あれが不思議やったが、山積みして屋外に置いとるヤツを、ときどき、ヒックリ返さなければ腐っていくらしいんじゃなあ。やっぱり暑いところだからじゃろう。そういうのが仕事なんですよ。箱の積み替え。今みたいに段ボールがあるわけじゃなくて、全部が木の箱でねえ。

　わしは、いつも夜間作業やった。兵隊を夜昼使いよったからねえ。夜行って、朝帰ってくる。行くときには、釘を持っていって、帰りには箱の隙間から釘で缶詰を突きほがす。そいで、明くる日がきたら、腐っとる。南方じゃから。日本の兵隊だったら、箱を開いてみて、悪いヤツだけ捨てるが、アメリカはそうじゃない。「箱ごと捨てれ！」やっで。アメリカと日本との、物を持っとる違いや。腐っとらん物も全部、箱ごと捨てるんやから。ゴミを捨てるドラム缶が道の脇に置いてあって、「そん中へ捨てれ」て。それを、今度は「トイレに行く」て言うて、われわれが途中で拾うわけ。

メリケン粉がいっぱい積んであるところでは、こういうこともした。暑いから、水を飲みながら仕事をしよったから、上で仕事しとる者が、下に居る者に「おい、水を持ってきてくれ！喉が渇いた」ち……。水の代わりにミルクを入れて、「はい、水じゃ」て言うて渡す。ミルクもあったからねえ。監視兵が立っとるけど、上でやっとることは見えんから、上では（メリケン粉の）袋を破って、その中にミルクをこぼして、そこで練って、薄く延ばした。それを持ち帰って、今度は、それをカンテラの笠の上で焼く。電気はないから、明かりはカンテラですよ。笠が熱いから、その上に煎餅みたいに乗せて、食いよった。われわれが悪さをした跡が、あっちこっちに散らかっとった（笑）。

そうして食うのは、さすがに、アメリカも何も言わなかった。腹が減って動けんのを知っとるから。「ジャパン・センベイじゃ」て言うて黙認しよった。そいで、だんだん体力が出てきて、腹が減ったていうことがなくなったわけですよ。

そういうことをして、悪さを覚えて……。今度は、布袋を自分で縫うて、缶詰を入れる袋、それを両方の脇腹のあたりに提げて、服はアメリカからの支給の大きくてダボダボの上衣を、それもできるだけ大きいヤツを着て。帰りに荷物検査があるわけよ。

　検査がおもしろいんだよ。どういうふうにするか、ていうたら、暑いから上衣のボタンをはめて居らん。下はランニングシャツ一枚。検査はどうせボタンを外すんじゃから、初めからボタンをとって、前をはだけとる。向こうから検査に来るときには、上衣のボタンを締めずに、パッと、こうやって、腹だけ見せる。両手で上衣の裾を後方に跳ね上げるときに、両方の脇に提げとる袋も同時に後方に回して、隠してしまう。次に回れ右をしたときには、今度はクリッと背中を見せる。袋も前の方に回して隠す。

　トラックに物を積むとき、各部隊の係が、缶詰をいくつ、て積むとき、荷台の前の方を空けておく。品物を手前から、一段ずつ積んで、良いやつがあったら、どんな良か物かていうと、缶詰で一番おいしいヤツ、それを空いたところにポンと投げこむ。幌(ほろ)が付いてもおるし、向こうからは見えんように、要領よくやれば、見つからん。

　監視が立って居るから、終われば、「はい、積みました」て。トラックで走って荷を持って行くときに、今度は運転手に、「おい！」ち。「おまえ、日曜日になったら、彼女のところに遊びに行くんじゃろう？　良か物をあすこに積んであるから、あれ持って行け！」て。良か物は員数外(いんずうがい)やから、運転手の物になる。それで、まず、運転手を手なずけた。

ケッサクなのはねえ、アメリカの黒ん坊が日本人が悪いことをせんかて、監視しとるでしょうが、それを手なずけるわけなあ。どうするかて言うたら、アメリカ兵は雨でも降りそうな日には、カッパを腰に吊して来るわけですよ。それを「こっちによこせ（手渡せ）！」ち……、倉庫には、いろんな女もんの生地なんかがいっぱいあるわけですよ。それをかっぱらって来て、カッパに包んで相手の腰に差してやれば見つからん。彼女を慰安するために持って帰るわけ。もう、味を覚えて、天気のいいときでもカッパを持って来る（笑）。どっちが占領軍だかわからんふうで、わしらの言いなりになっとった。

イワシの缶詰みたいに、こんな薄いやつがあって、これを頭の上に乗せて、それを帽子で隠して、平気で持って帰ってくる日本人も居った。ところが、あるとき、何かの拍子にコロッと落として、これがアメリカに見つかったわけなあ。それからは、帰るときに検査官が毎日、頭の帽子を押さえとった（笑）。

そうして持って帰ってきて、自分の部屋の寝台の下に穴を掘って、木の空箱を皆でごまかして、持って帰って、それを埋めて、蓋をして、戦利品をその中に入れて、上から泥を被して、知らん顔しとるんですよ。そこに貯めて……。そして、仕事のないときなんど、監視が居らんか確かめてから、それを開けて食う。徹底してアメリカ兵をごまかして……。

今度は、公然と食うために、トイレをもうひとつ作らした。混み合っているときに、順番待ちがきついから作らしてくれ、て米軍に言うたら、「いい」て言うた。日本人しか使わんトイレで、そこはトイレをするのが目的ではなくて、そこに隠れてモノを食うために作った。仕事中はアメリカが監視しとるが、「トイレに行きます」て、言うたら何も言わずに「うん」て。大きな服の下には、ちゃんと、食い物を入れておるから、そこに行って食うて、カスは便所の穴に落とすから、もう、証拠がないわけ（笑）。

同じ仕事に行くのでも、食う物があるところと無いところがある。キャンプの中に走っとる道脇に、ゴミを入れるドラム缶があるでしょう、それを焼き場に持って行って、焼くのが専門の連中も居る。その連中は食い物が当たらん（手に入らない）から、夜間作業に向う者が、缶詰の木箱ひとつでも、あらかじめそのドラム缶の中へ放りこんどく。そうすれば、ゴミを集めて回る係の男たちが、焼き場に持って行ってそれを食う（笑）。そこは、収容所の外だから、囲いがあるわけでなし、監視は居らんですよ。トラックで持って行って捨てるわけです。運転する者はちゃんと手なずけてあるから、心配はいらん。

今度は、それを目当てにして、土人が集まって来て、良い缶詰があったら、自分らにも分けてくれ、ち。何でもかんでも、そこで物々交換しよった。金を貰ったって、使い途はないからねえ（笑）。食い物との交換ですよ。店屋ができて四十、五十軒建っとった。

フイリッピン人は商売は上手やった。手に入れた品物をどっか街に持って行って、商売しよった。あのフイリッピン人は青年になるまで、ものすごく働くんですね。青年になったら、男も女も遊んでて、全然仕事をせん。不思議やった。物々交換でも、学校も行かん子どもらが、いっときもジッとしとらんほど働くんじゃが、青年になったら、遊ぶのが仕事。だから、焼き場に来るのは、トシナシ（歳の衆・年長者）と子どもばっかり。街中で商売するのも子どもらだった。

最後のころになって、上の者が嗅ぎつけたんだなあ、その男ていうのが将校やった。「今晩の監視は自分が就く」ち。「絶対におまえらにインチキはさせん」ち。なにが（笑）、将校が監視に立っても、平気で……。携帯口糧の入った木箱、それには、タバコが二週間分、食糧の他に入っとったが、その箱を山のように積んでいくんじゃが、将校が下で看とるんやが、山の向こうの陰に隠れて、箱を突き破って、タバコだけ抜く。あらかじめ山の上に隙間の穴を空けておいて、タバコを小分けして包んである包装紙や紐なんかを、そこから穴に放りこんで、将校が上がって来て、検査する段になったら、他の箱で穴を埋めてしまう。

タバコだけはバスタオルにくるんで、それを腹に巻いて、その上からダボダボのズボンをはいて、アメリカの服やから皆大きいけど、わざと大きいのを選んで着よった。あすこの生活は、楽しかったなあち、思うですよ。

＊

半田さんは朗らかに語った。「日本人が悪いことをする、ていうたら、それこそ徹底的にやりよった」と。日本人の要領の良さを自負している。これは、多分に相手国のアメリカを意識しての語りである。盗みが一種のゲームとなり、監督する側の人間を困らせてやろうという、たわいなさがある。収容所に捕らわれた者たちの憂さ晴らしなのだが、半田正夫はそのことを「楽しかった」と、表現している。収容所を含めて、語り手にとって、戦地体験は、ひとつの青春であった。それは、文字通り命を賭けての青春である。

救助艦の上で、「明日から平常食を食うていい」と知らされたときに、茶碗を叩いて踊り出したり、その後、日本本土に向かう復員船の中で、食事にタクワンが出され、何年ぶりかの食材にお目にかかって驚喜する姿は、他者が自分をどう見ているかという、恐々としたところを微塵も感じさせない。将校や古参兵とは違って、自らの虚像を作る必要がないからだった。最下層兵としての日常が、自然な振る舞いを取らせたとも言えるが、天性の質に負うところも大きい。「嫌じゃ」と思ったことには、どうしても背を向ける自分を、「一本気」とか、「変わり者」とかのコトバで表しているが、反対に「好きだ、嬉しい」と受け取った対象には、とことんつき合う。

33 桁違いの機動力

わたしらが、弾を撃っても、薬莢まで拾うて歩いた時代に、終戦になってからあの連中がやったことは、弾はいくらでも余ったわけだから、それをどうするか、ていうたら、上陸用舟艇に積んで、海に走って行って、沖で全部捨てて……。そのやることを見たら、ほんとに力の差……。船が陸に揚がって行くなんて、想像もつかんやった。わしらの舟艇というたら、海の上でしか使えんからねえ。

わしの親父が外国航路に乗っとったから、よう話を聞いとった。神戸の街にはトラックは走っとったけど、まだタクシーもろくろくない時代に、バスて言えば木炭バスが走っとる時代ですよ。

親父は貨物船でアメリカに行くわけでしょう、そうしたら、港で仲仕が来て、荷の上げ下ろしをやる。女がダンナを車で港まで連れてくる。そいで、女は帰って行く。男は時間の仕事をする。

日本人と違うのは、デレッキ（デリック、クレーンの一種）で荷物を上げてて、途中まで上げてても、時間がきたら、ピシャッと止める。日本人だったら、上げる途中だったら、降ろすか、積むかするんじゃろうけれども、あの連中は徹底しとった、て親父がよう言いよった。そうして、女が車で迎えに来る。アメリカが日本よりはるかに進んどる、ていうことは、人は知らんでも、わしは親父から聞いとったから、やっぱり親父が言うたとがホントやったなあ、ち。

さすがに勝った国は違うですよ。あれらの輸送力の強いことていうたら、広い野っぱらに、周りに鉄条網を張って、その中に自動車がいっぱい。ジープ、トラック。乗用車は見えんかった。ジープなんか箱詰め。あれの幌を倒して、車高を低くして箱に入れて送られて来よったんじゃから。箱を開けたら、燃料と携帯口糧がちゃんと入っとる。燃料は缶に二本、ビニール製の灯油入れがあるでしょうが、ああいう形した鉄板の缶に入っておる。それが運転台に用意されている。それと、口糧が二週間分。部品を組み立てて、燃料を入れたら、そのまんまブーていうて走り出す。あいつらパン食やから、すぐ食べて移動ができる。あの機動力にはホントにビックリしたです。こういう国と戦して勝てるもんか、ち（笑）。

箱詰めジープがあるようなところで仕事をするヤツは、部品やタイヤをはずしたりして、それを周りの鉄条網を潜らして、コロコロっと転がしてやる。フイリッピンの土人が鉄条網の周りに来ていて、「何々が欲しい」て言うわけよ。鉄条網ていうても、ただ簡単なもので、ここ（中之島）で牛を囲っている番線みたいなものを、何段か張っとるだけじゃからって。で、見渡せんぐらいの広さのところに、車なんか、ズラーッと並べてあるから、中の方に入ったら、何をやっても見つからん。

網の周辺にはアメリカ兵が監視しとるんじゃが、その眼を盗んで転がしてやる。バッテリーも外してやった。そしたら、パンだとか、食い物を持って来て、品物と交換して帰るわけよ。こっちは腹が減ってるから食い物には釣られるわけ（笑）。

34　演芸大会、良い見物をしました

収容所にはいろんな人が居った。映画監督も居った。旅回りの役者とか、何万ていう人が居るわけですから、いろんなプロが居るわけですよ。ＮＨＫでラジオ体操をする人も居った。どさ回りの旅芸人も。

演芸大会なんかも開いてね。週に一回の休みの日にやりよった。そういう点は感心で、アメリカはきちっと休日を守り、何も干渉せずにさせる。天気が良い日に、収容所の真ん中の野っぱらに皆が集まって来て観るわけですよ。ゴザなんか敷くようなもんじゃなく、ただの野っぱらですよ。着てるものが汚れようがどうしようが、洗濯するわけでもなしで、早い者勝ちで座って観るわけですよ。

そういえば、洗濯なんかしたことなかったからねえ。水は不自由はせんかったが、風呂なんか入ったことないですよ。ランニングシャツ一枚で、外に出れば汗が出るから、それを絞ったらすぐ乾くし、もう、タオルで体を拭くだけよ（笑）。上衣もあったが、そんなの大きくてアッ

プアップしとるだけやから、肌には着かんやった。かねては（いつもは）服を着らずに、ランニングシャツとパンツだけ。

演芸大会と言っても、マイクなんかあるわけでなし、それがだんだん手を入れて、終いには舞台みたいなのを作っとった。大工は居るし、たいしたもんやった。

メリケン粉を入れる袋があるでしょうが、あれをいろんな色に染めて、着物に作った。遠くから見たら、本物そっくりですよ。いろんな職人が居るから、小道具には不自由せんかった。それは、もう、びっくりするような役者が居った。立ち回りなんか、こういう達者な役者が居るかていうぐらいでねえ。刀なんかも、いろんな材料で作って……。ひとりが刀を、こうやると、ひとりがポッとその上に飛び乗って立つ役者が居った。日ごろから練習などしよったんだろうとは思うが、そんな場面に出っくわしたことはない。

軍隊というところは、ほんと、いろんな専門家が居った。こっちの部隊、あっちの部隊、そういうのが一緒になって演芸会をしたわけですからね。浪花節語りも居れば、講談も居る。落語家も居った。良い見物をしました。

半年経ったころには、体力もできてきて、相撲大会もやった。各キャンプから代表を出して、わしのキャンプではわしが大将で、副将には体格のいい新潟の男がなった。これが、また珍しいことに、名前が、鶴亀万蔵ですよ。「これ以上の名前はない」て、わしが言うたら、「自分は養子に行って、鶴亀姓になって、ふたつの名前がくっついてそうなった」て。新潟の魚沼郡の出で、米どころや、ていうことは知って居ったが、復員してから調べてみたら、魚沼も範囲が広くて、南魚沼と北魚沼が有るてわかった。その当時、地名を詳しく調べる段取り（手づる）もないし、その男が無事に復員したのかどうかも、わからん。

体力は回復してきたが、関節がいかれてるのが治るまでには、だいぶ永いことかかったなあ。日本へ帰ってきてからでも、土手の草切りがまともにでけん、膝が利かんで。家族が心配するから、人の見とる前では、当たり前の格好で牛の草を切るわけなあ。人が見らん、ち思うたら、尻をベッタリ地に着けて切るわけ。そうせんと、膝が痛うして。それをうちの祖母さんはどこからか見とったのやなあ。

与論の学校の運動会では、島に三つある部落の対抗の相撲もあって、わしが神戸に居るころの経歴を知っとるもんじゃから、青年団長がわしに頼みに来たわけな。わしより二つ、三つ後輩が団長やった。「相撲大会に出てくれんか」、て、頼みに来たから、「わかった、いいが」て、引き受けた。そうしたら、祖母さんに怒られてねえ、「おまえはまだ、当たり前の体じゃない」ち。隠れてわしのことを見とったんやなあ。自分の弱みは見せんつもりで居ったのが、ばあさんはちゃんと知っとって、あれには感心した。

……（収容所の相撲大会では）やっぱり、わしが相手になる者は居らんかった（笑）。三区対抗では優勝したですがねえ。次は個人戦の五人抜きていうとき、四人までは抜いたけど、五人まではは抜ききらんかった。

35　多士済々

いろんな人が居った。中には、こんな人も居ったですよ。早稲田を出た見習士官が、昔の南北朝の時代の南朝の直系だった人で、和歌山の人だった。自分の家の紋は菊の紋がある、て。その人から聞いた話が、いよいよ戦地に征くときに、親が「どうせおまえは兵隊に征ったら、死ぬんだ。生きて還ることはまずない。じゃけど、財産分けにやるモノがない。だから、昔の刀の鎧通しを、国宝級のこれをおまえに形見にやる」て言うて、「えいしょう すけさだ（祐定？）」ていう銘が入った鎧通しを吊って、それを大事に持っとった。将校は刀を提げてもかまわんわけだからねえ。

その人は、名前はスサて言いよったですよ。周囲の「周」に、参詣の「参」、周参ていう名前やった。還ってきてから和歌山の地図を見たら、周参見ていう地名が海岸線にあった。そいで、その見習士官は、ただ、周参て言いよったが、そこの人じゃなかろうかなあ、て思うたが。

なぜそのことが印象にあるかていうたら、終戦になって、兵器は全部取られたわけね。そのときフイリッピンの将校が、大尉の肩章を付けた将校が、その品物を取り上げたわけ。そのときに周参ていうその人が、その将校を追っかけて、さすがに大学出じゃから、英語が喋れて、「これは、日本では国宝級のモノじゃから、粗末にするな」て、言うたて言うわけ。そうしたら大尉が喜んで、大事に持って行ったて、わしに後から話して聞かせよった。

後は別々に収容所に入って、それからどのようにして日本へ還ったか、そういうところはわからん。わずかの間やったけども、そういう人も居った。

京都の酒の鑑定家が居って、月桂冠とか、有名な酒どころの検査官で、それが言う話で、「こんないい仕事はない」ち（と）いうわけ。酒の一級とか二級とか、格上げしたら、相当儲けが違う。で、業者が検査官に袖の下を持ってきてね、だから、検査官が何とかして、悪いヤツでも一等にもっていく。そんな話を聞いたとき、「ああ、やっぱり、そんなもんかなあ」て思うて……（笑）。

大工の専門家はわしのお気に入りで、箱を作ってわしにくれたですよ。外米をすり潰して、ノリにして、いろんな板切れの、色の違うヤツがあるでしょうが、あれをくっつけて、カンナで削って箱を作る。何回か動かさなければ、箱の蓋は開かんようになっとる。二、三回、あっちを引っぱり、こっちを引っぱりしてやっと開くのを作って、わしにくれた。それを日本に持ち帰ったが、後ではノリが剝がれてしもうて……。

なかにはアメリカの将校が、将校ていうたらたいしたもんですよ、有名な大工にね、アメリカの大工道具を全部持ってきて、自分にタンスを作ってくれ、て。ところが、アメリカの道具は全部が「押し」ですよ。カンナもね。それで大工はどっからか木を集めてきて、ノコからカンナからですよ、「押す」んじゃなくて、日本式に「引く」道具を揃えて……。それはりっぱなタンスやった。とにかく使役に狩り出されんで、お偉方のお抱えでしょうが、贅沢に食事も運んできたですよ。その待遇はわしらみたような者とは全然違う。

絵描きなんかていうたら、それこそ、女のいろんな絵を描いて、結局、何もせずに、その部隊のお抱えみたようなもんよ。

器用な者が居って、麻雀パイなんか作ってね、皆けっこう麻雀をするわけです。ローソクがあるでなし、ランプもなしで、夜の明かりはどうしたかていうたら、機械仕事の達者な者が、銅の板でライターの大きいヤツを作って、ガソリンを入れて、「やあ、明るい！」て、そのガスライターを点けて、夜、天幕の中で麻雀をする。そうかと思えば、あんまり長くライターを点けておると、ハンダ付けが溶けて、バーって、油に火がついて……（笑）。ライターを検査官に見つかるといかんから、昼間は入り口に植わっとるバナナの、葉が巻いとる中にライターを隠しとったら、その葉っぱが萎（しお）れてしもうて、見つかって、取り上げられて……（笑）。

わしが麻雀を覚える気にならなかったのは、あれは四人居らんならできんから、復員してから、あれで遊ぶ連中も周りに居らんじゃろう、て思うて。トランプは味を覚えて、晩は暇じゃから、遊びよった。昼間、アメリカに使われるときは、夕方、帰って来たら、明かりを点けて、遊ぶわけねえ。その遊びをそこで覚えて、初めて博打打ちの言った意味がわかった。徴兵検査のときの認識票の番号の話ですよ。縦に「三」が三つ並んどる。「なあんじゃ、三三（さんざん）な目に遭うて、六（ろく）なことはないが」て言うたら、後ろに並んどったのがバクチ打ちやった。「おまえは、最高の番号が当たったなあ」ち。「三、三、三で、アラシじゃ」ち、その男が言うてね。

トランプの手品も習ろうて、復員してから、大牟田の叔母の家でやって見せたら、叔母に怒られて、「おまえは博打打ちか！」て（笑）。

歌手も居って、当時、琵琶湖でボートが転覆して旧制第三高等学校の学生が死んだ事故を歌った哀歌「われは湖(うみ)の子　さすらいの　旅にしあれば　しみじみと」て言うた『琵琶湖周航の歌』、あれが当時はやっとったから、わしは神戸に居って知っとった。その歌詞を教えたら、演芸大会のときにその歌い手が歌った、そういう思い出もある。

当時、日本ではプロの歌手はほとんどいなかったからねえ。いまでは、素人でものど自慢大会で上手に歌うが、昔は、レコードでも出すていう人は十人も居ったでしょうか？　レコード会社も多くはなかったんだが、呑気に歌なんど歌っていられる時代じゃあ、なかったですよ。そんな時代に、フイリッピンでは、皆、歌がうまいのなんのって。声を震わせて、プロ並みに歌うですよ。今考えたら、若い者は不思議に思うかもしれんけど、声を震わして歌う人なんて、当時の日本ではぜんぜんいなかったからねえ。フイリッピン人はたいしたもんじゃ、ち、思うた。

東海林(しょうじ)太郎とか、芸者の道奴とか、今生き残って居るのが田端義男。あの歌手は覚えておる。東海林太郎は有名で、神戸に巡業に来たときには、わたしも聞きに行ったもんですよ。直立不動で、「赤城の子守歌」を歌っとった。そういう歌手のいない時代に、フイリッピン人がプロみたいに歌うのにはビックリした。歌が好きなんでしょうね。

36 フィリピン人は長物を嫌う

いろんな仕事をさせられた。わしは炊事勤務も半年ぐらいさせられた。コック長はフイリッピン人です。日本の兵隊はその下で使われておって、言われた通りに作る。わしらが当番のときには、ズラーッと列んで、アメリカ兵のひとりずつにオカズを配るわけなあ。オカズを七つ、八つ準備しとって、向こうが食器を持ってきたら、こっちのひとりが肉をやる、次の者が何をやる、ていうて、相手の食器に盛ってやる。パンをやったりする者も居る。

わしらが悪さをするていうのは、あちこちで人気の悪いヤツ、日本人をいじめるヤツが居るわけなあ。自動車工場で働いているヤツなんかはねえ、意地悪なアメリカ(兵)にはバッテリーの液を後ろから掛けたりしたから、シャツがボロボロになっとる。それがわれわれの目印よ。その兵隊が来たら、「あの兵隊はロクなもんじゃないから」て、わざと、骨の付いたやつを配る。相手はブツブツ言うけど、「自分らは、次々に順番に給仕するように言われているから」て、今度はこっちが頑張る。そういうワヤク(悪さ)をして仕返しをしよった。愛嬌が良くて日本人に親切なヤツには、「あれは良いヤツじゃから、骨付きでない肉をやれ」ち（笑）。コック長も、わしらがすることは大目に見るわけ。わしらが要領よくごまかして、コック長に食糧の良いヤツをやっとるもんじゃから、強くは言えんわけよ。

収容所で覚えた食事の仕方があるんですよ。それは、フイリッピン人は三本の指が箸ですよ。あの連中は手で食うんですよ。人差し指、中指、それと薬指の三本で食う。皿に乗せた米なんか、指で掬って、それを口にもっていったときには、親指の爪先で、ポンと口の中に跳ねて入れてやる。その代わり、三本の指には、汚れたモノを掛けん。それは徹底しとった。あの連中がすることにも感心することがあるからねえ。

連中が言うには、日本の米は旨いけど、手で食べたら、くっついてダメじゃ、ち。向こうの米の方が食べやすい、て。わたしら、炊事勤務を半年やったら、もう、慣れっこになって、手で食べた。

気の毒なコック長が居って、肉なんか焚いたら、脂の白身が上に浮いてくるでしょうが、アメリカ人が捨てる脂ですよ、あれを掬って家に持って帰ろうとしたら、それが見つかって、その場でクビでしたよ。あれには驚いた。アメリカは人情もクソもないのかなあ、て。

アメリカが日本人と性格的に違うのは、日本人は、ちょっと悪いことをしたら、「以後、気をつけれ!」で、すますこともあるんだが、アメリカはそういうことじゃなかった。あれだけ信頼しておったフイリッピン人のコック長を、あっさりクビにした。それにしても、日本人は要領が良いから、何やっても見つからん。

ケッサクなのは、メリケン粉の一級品を、アメリカの粉はいいやつですよ、その袋の口を開けて、その中へいきなり水を入れた。たまには日本食を食おうていうことで、粉を練って、ながーいウドンを、言えば、冗談半分で、腹が減ったから食うていうことじゃなくて、長さもわからんような長いウドンを作って、先だけを大きな鍋から出しとって、すすって食うつもりで……。

フイリッピンのコック長は、長い物はミミズやヘビじゃて言うて、嫌って食わん。嫌だていう理由のひとつは、これぐらいのミミズみたいなヘビが居る。知らん者はミミズとしか思わんところがこれがヘビで、ちゃんと鱗がある。その鱗で立って這うて行く。それを十歩ヘビと言いよった。それに咬まれたら、十歩あるかん内に倒れる、ち。猛毒がある。それで、長い物を嫌いよった。フイリッピン人は遠くからしかめっ面してわれわれのすることを眺めとる(笑)。収容所の生活にだんだん慣れてきたら、少しでも楽しく、アメリカをやっつけながら、ていうことで(笑)。

37　えらい国に還って来た

わしらは収容所に一年半居った。わしがルソンの兵隊の十万三千何番かじゃから、復員船が何回か通ったんでしょうなあ。そのうち、わしらに順番が回って来た。アメリカの船に乗るときは、オモテ（船首）のハッチがパタッと開いて、桟橋から乗る。緩い下り勾配になっとる船内に、八列に並んで入って行った。さすが米軍やった。わしらが佐世保から（津山丸に）乗ったときは、三千五百人が船の周りの縄ばしごをはい上がって乗ったんじゃから。そのときは、途中で海に落ちる者もおったですよ。

乗って、「はい、これまで」て言うときは、わしが一番最後で、オモテの扉を閉めたときには、船のオモテとトモ（船尾）が高くなっとるから、全体がよく見通せた。「ははあ、良いとこに来た」て、見物しとったら、そうしとるうちに沖に出て、波が打つでしょうが、音がガタガタ、ガタガタ、て……。船の中の眺めは一番良いがて思うたが、乗っとって、あんまり良い気持ちはせんかったですよ。

日本まで何日かかるなんて、もう、気にせんかった。沖はぜんぜん見えんから、いまごろどこの沖を通過しとるなんてことはまったくわからん。トイレはどうしとったのかなあ、全然覚えがないですよ。もう、帰れるていう、その喜びで……。

何と、食事に漬け物が出た。タクアンが。さあ、そのタクアンを何年ぶりかで食う、て言うて、箸でタクアンを摑まえて、もう、踊りよ。ああ、嬉しかった。

満二十四歳になって数日経ったばかりの、昭和二十一年（一九四六）十二月三十日、名古屋に着いた。寒さも寒さ。南方の一番暑いところから、一番寒いときの日本に帰ってきた。机を焚いて暖を取るのを見てびっくりしたですよ。上陸したら、アメリカの兵隊が待ち構えとって、DDTを体中に、シラミ退治やね、ズボンをこうして前を開けたら、バーンバーンて、吹きかけて、真っ白けになった。そうしたら、いよいよ解放ですよ。

港には散髪屋がいっぱい来とった。あれは国が雇ったんやなかろうか、ち思う。髪をボーボーにして帰れんから、床屋に切らせたが、金は払わんかった。もともと、金は持ってないんだから。ところが、床屋は髪を切るどころじゃないわけですよ。兵隊はフイリッピンでいろんな品物をごまかして持って来とるから……。タバコなんか、倉庫から盗んで腹の周りにいっぱい巻いて持って来とる。戸外で散髪屋が引き揚げ者のヒゲを剃りながら、わしらが吸ってるタバコをいつ捨てるか、て、待ち構えとる。捨てた、ち思うたら、バリカンをほったらかして、パーッて拾うて、火を消してポケットに入れる。あれを見たときには、こりゃ、えらい所に帰って来た、ち思うた（笑）。

快人二人——語り手と聞き手との間には

前山光則

本書の語り手である半田正夫氏、このような人は世の中になかなかいないと思う。

この人は福岡県大牟田市生まれだが、実際に育ったのは鹿児島県の与論島（よろんとう）だそうだ。太平洋戦争末期には船舶工兵として戦地に赴き、数々の修羅場をくぐり抜けた果てに生還する。戦後は鹿児島県十島村（としまむら）つまりトカラ列島であるが、その中の中之島（なかのしま）に住みついたのだという。この人の語りの、とりわけ戦地での数々のとんでもなく凄惨な日々や出来事を読み進みながら、よくぞまあ無事に生きて帰って来られたものだと溜息が出てしまう。だが、よく考えてみれば、この人が生還できたのは運の良さだけであったろうか。いや、それもあろうが、半田氏が自身にふりかかる難事に対応し判断をする時、誰にも教わらない反応のしかたと決断力とがいつも働いていたのだな、と、そのことに驚嘆せざるを得ない。借り物でない自分の力で培った知力・判断力の持ち主であり、自立せる庶民像の典型を見せられた気がする。

さて、その半田正夫氏が自身の生々しい波瀾万丈の経歴をこのように存分に余すところなく語ったのは、なぜか。このことに関連して、本書の冒頭部分に次のような一言がある。

「もっと早ように、あんたに会うとれば良かったたっち、今、思いかたやった」

ごく簡単な言い回しであるものの、実はここには聞き手・稲垣氏への全面的な信頼が籠められているのではないだろうか。事実、半田氏は稲垣氏に向けて自身の来し方を最初から最後までたっぷりと、伸び伸びと語っている。ということは、半田氏も凄いが、聞き手・稲垣尚友氏もまた器の大きさでは引けをとらぬ存在だから熱い信頼を得ることができている、そうとしか考えられないのである。

では、稲垣尚友とは何者なのか?

この人は昭和十七年（一九四二）に東京で生まれている。だから都会育ちである。都内の大学に入ってから人生の転機が訪れるのであるが、その頃のこの人の青春遍歴は自伝『青春彷徨』（福音館書店）に詳しく綴られている。稲垣氏が学生だった頃というのは、昭和三十五年（一九六〇）のいわゆる「六十年安保」のほてりが覚めやらぬ時期であった。言いかえれば、日本が高度経済成長を遂げつつあった真最中である。敗戦後の貧しく不便な状態から脱皮し、日本中が豊かさを得つつあり、生活の中に便利なものが盛んに出回るようになっていった。人々の意識も、旧来の習慣から抜け出て新たなやり方を身につけようとする傾向が強まりつつあった。青年・稲垣尚友は、そのような上昇気流について根源的な違和感を抱いたのではなかろうか。平々凡々と学生生活を続けることには疑問が生じてしまい、「青春彷徨」、遍歴・放浪の日々が始まる。尾瀬沼のほとりでカルピスを売って日々を過ごしてみたり、伊豆の山中に籠もったりするうち南島への関心が頭をもたげてくる。奄美大島や沖縄へとさ迷いつづけた果てに辿り着いたのが、鹿児島県のトカラ列島であった。トカラでは、種々の仕事に就いて生計を立てながら島で暮らす人たちの生活ぶりを記録して行った。その成果は『山羊と芋酎』『悲しきトカラ』『棄民列島』（いずれも未来社）等の著書で窺うことができる。はじめ臥蛇島（がじゃじま）で暮らした後、そこが無人化してからは平島（たいらじま）へ移った由である。現在は千葉県鴨川市に住むが、南島方面への行き来は相変わらず止めていない。

わたしが稲垣尚友氏の書いたものを初めて読んだのは、昭和五十三年（一九七八）一月、近畿日本ツーリスト発行の雑誌「あるくみるきく」一三一号においてであった。同誌に、稲垣氏の「駕籠作り入門記」と題するレポートが載っていた。四百字詰めにして百枚に達するようなまとまったものであり、昭和五十二年四月二十六日から同年七月五日までの約二ヶ月半ばかり人吉盆地（熊本県球磨郡錦町（にしきまち））の竹本一之氏の下で竹細工師としての修業をした、その修業記録がつぶさに語られていたのであった。稲垣氏は当時トカラ列島の平島の住人で、すでにその四年前から妻子もいる身であったが、竹細工作りの業をちゃんと身につけるべくわざわざ遠い人吉盆地くんだりまで出かけてきたのだった。レポートの中で、氏はこう述べている。

ここに来る前、私は本誌「あるくみるきく」の事務局長とかけ合った。そして、足代の援助を乞うたのである。見栄も外聞もない。カミさん子供は実家にあずけてきたので、親に迷惑をかければ済む。心の中では、済むなどと気楽には思ってなかったのだが、結果は同じことであった。が、自分の食い扶持は自分で何とかしなければならない。心やさしい事務局長は足代と一四日分の滞在費を認めてくれた。目に見えた成果も期待できないこの私に資金援助をしてくれた観光文化研究所は、いったい何をするところなのだろう、と私のカミさんは、ありがたがり、また、あきれていた。

この雑誌は民俗学者・宮本常一の主宰する日本観光文化研究所が編集をしていたようだ。稲垣氏は、それこそ「見栄も外聞もない」ような果敢さで若干の滞在資金を援助してもらったのだろう。そして、球磨郡錦町在住の師匠の下で見事に竹細工の技術を会得し、その後の生活に役立てて行く。現在、氏は作家であるだけでなく竹細工師としても立派なプロフェッショナルである。

氏が錦町に竹細工修業に来ていた当時、わたしは他ならぬその人吉盆地の一番奥の水上村(みずかみむら)で暮らしていた。氏との面識はなかったが、事前に知っていれば錦町の竹細工工房へと押しかけてみたかった。「あるくみるきく」を読んで、そう思ったのであった。

さて、稲垣尚友氏はトカラ列島でどのようなことを考え、そこから何を得たか。このことについては数々の著書で読み取ることができるが、わたしにとって最も印象深く心に残るのは平成八年(一九九六)に出版された『密林のなかの書斎――琉球弧北端の島の日常』(梟社)である。

この本では、当時氏はすでに島を離れていたのだが、かつて住んだ平島に久しぶりに訪れて約一ヶ月間滞在した、そのときの様子が物語られている。氏は、島の人たちと共に魚捕りをしたり、港の荷役作業を手伝ったり、夜になれば酒盛りもする。皆の注文に応じて竹でザルやテゴを作ってやったりする。「ここ平島は世代ごと、年齢ごとに断絶したヨコ社会ではない」と氏は書いている。共同体というものがまだしっかりと保たれていることを示す日々の営みが、飾らない文章で報告されており、そのいちいちが面白かった。

しかし、この本はそれだけで終わりはしない。若い頃、稲垣氏は都会から流れ流れて平島へ渡り、住み着いた。そして、島での生活模様を綴り、それは本としてまとまった。だが、氏の書いたものを読んで島の一青年が激しく憤った。端的に言えば、自分（たち）のことを分かってくれていない、との青年の気持ちが噴き出たわけだ。青年の怒りに触れて、氏は島の人間になりきれていない自分自身というものに気づかされるのである。そうして、平島を出る。さらに十七年後、島を再訪し、人々と久しぶりに会って対話を重ね、『十七年目のトカラ・平島』（梟社）一冊をまとめあげる。しかし、その人物との関係の充分な修復はできなかったのだという。そしてそれは『密林のなかの書斎――琉球弧北端の島の日常』においてもなしとげられず、その人物はついに稲垣氏と口をきかぬままである、と、正直なところが語られている。この本の少なくとも前半部分は、そのことへの負い目が濃厚に綴られているのである。だが、後半に移ってからは次第に負い目が薄らいでくる。

それは、なぜか。稲垣氏は、平島の変わらない部分と変貌しつつある部分との双方を見つめながら、次のような境地に到達する。

ペンを走らせているうちに、初め聞こえていたヒガシハマの潮騒が、いつの間にか消えていった。私は下を向き、いまの自分と向き合っていた。いまにつながる過去までが芋づるにからまるようにして、掘り出されてきた。自意識をなにものによってよろうこともなく、丸出しのまま生きようと決めたその初め、それは二十二歳の時であったが、その時私は、文字から一番遠い人間でありたいと願った。島と出会う中で、島の暮しを血肉化すれば、おのずとその願いはかなうのではないかと夢想したのだが、それが他力本願な願いであることは、臥蛇島にいるころ、総代とのやりとりの中で思い知らされるはめに陥った。本土、内地から押し寄せてくる近代化、都市化の波が島を襲い、島の暮しも都市生活の延長であったわけだ。思い返せば、私が島に乗り込むこと自体が都市化現象の一端であったのだ。

それならば、向かい合う島と私との間に火花が飛び散るのなら、それを記録してみようと私は思いついた。文字から一番遠い人間になる夢はもろいものであった。

稲垣氏は、島と同化したいと願い、「文字から一番遠い人間になる夢」を抱いていた。しかしそれは「もろいものであった」との苦い自覚が、逆に氏自身を奮い起こさせたのであった。島との間に火花が飛び散るのなら、むしろそれを記録してみよう、と氏は心を定める。本を読んでいて、わたしはこうしたところに深く共感を覚えた。文字から遠い竹細工職人としての稲垣尚友、文字をこそ必要とするもの書きとしての稲垣尚友、この矛盾する二つを抱え込んで、後へ退こうとしない著者自身がそこにしっかり屹立している。だから、『密林のなかの書斎——琉球弧北端の島の日常』はこの人の著作の中で最も強烈に印象の残る本となっている。

稲垣尚友氏が永年関わってきたトカラ列島には、まだ行ってみたことがない。しかし、氏の御自宅に一度お邪魔したことがある。八年前の初秋の頃、東京方面へ出かけた折りに千葉県鴨川市まで足を伸ばしてみたのである。東京駅前からバスに乗り、揺られ揺られて房総半島の安房鴨川駅前に到着。稲垣氏に電話を入れたら、トラックで迎えに来て下さった。実はその時が初対面だったが、なぜか見てすぐに分かった。何というか、気さくな風貌がよく写真で見る民俗学者・宮本常一に似ていた。

御自宅へは、十数分で着いた。そこらは人家もまばらな、のどかな村里である。稲垣氏自ら淹れてくださったコーヒーがとてもおいしかった。

「一番安い豆だけど、山の湧き水を使っているんですよ」

と稲垣氏。良い水に恵まれて、何よりのことである。それと、御自宅は木造二階建てであるが、

「木材やら何やら譲ってもらったりして、自分で造りました」

と言われるのには恐れ入った。わたしを運んでくれたトラックも、

「あれは友人がくれた車です」

とのこと。氏は実に飄々と、金のかからない生活をやっていらっしゃるのだ。

「竹細工の作品は、ないんですか」

と聞いたところ、照れくさそうに、

「あまりないんですよ」

呟きながら、いくつか奥から出してくださった。手に取ってみて、ていねいな造りの、使うのがもったいないなくなるようなかたちであり、手触りだ。感心した。

「昨年刊行なさった『灘渡る古層の響き——平島放送記録を読む』（みずのわ出版）、あれは実に面白かったですよ」

「ええ、そうですか」

「あの本は、抱腹絶倒、活き活きと南島の生活を捉えてありますね」

と褒めたら、えらく恥じ入っておられた。

トカラ列島に永らく住んでいた作家が、今こうして房総半島の山里に居着いている。初めてお会いできて、嬉しいというか、不思議な気持ちであった。二人で語り合っていると、近所に住むといういかつい顔の人が野菜を持ってきて、

「よう、ほれ、食うてくれ」

と、ドカッと縁側へ置いた。ここ房総の村里の中でしっかりと人間関係もできているのだな、と感心したことであった。

昼飯までも御馳走になってしまった。午後三時頃、もう帰らねばと立ち上がったら、どこからだろう、かなかなの声が聴こえてきた。ほんとに静かな村里だな、と感じ入ったのを覚えている。

ちなみに、あの時、稲垣尚友氏は翌々日から旅に出る予定だと言っていた。愛用のトラックを運転し、車の中に寝泊まりしながら各地で竹細工を作ったり修理してやったり、あるいはまた若い竹細工職人さんたちとの交流もするのだそうだ。

そして、そのトラックであるが、八代市日奈久（ひなぐ）温泉で毎年催されている「九月は日奈久で山頭火」のシンポジウムで講演してもらった時は、前日にそれを運転して駆けつけてくださった。トラックを日奈久漁港の波止場に駐車し、車の中で寝泊まりをなさった。そして、夜はわたしたちと共に酒盛り。ついでに言っておけば、トラック後部にはコンテナが載っている。そしてその内部は、まるで自宅であるかのように机が置かれ、電気スタンドが据えられ、無論、寝具も完備していた。日奈久温泉のスタッフ一同、感心してしまった。

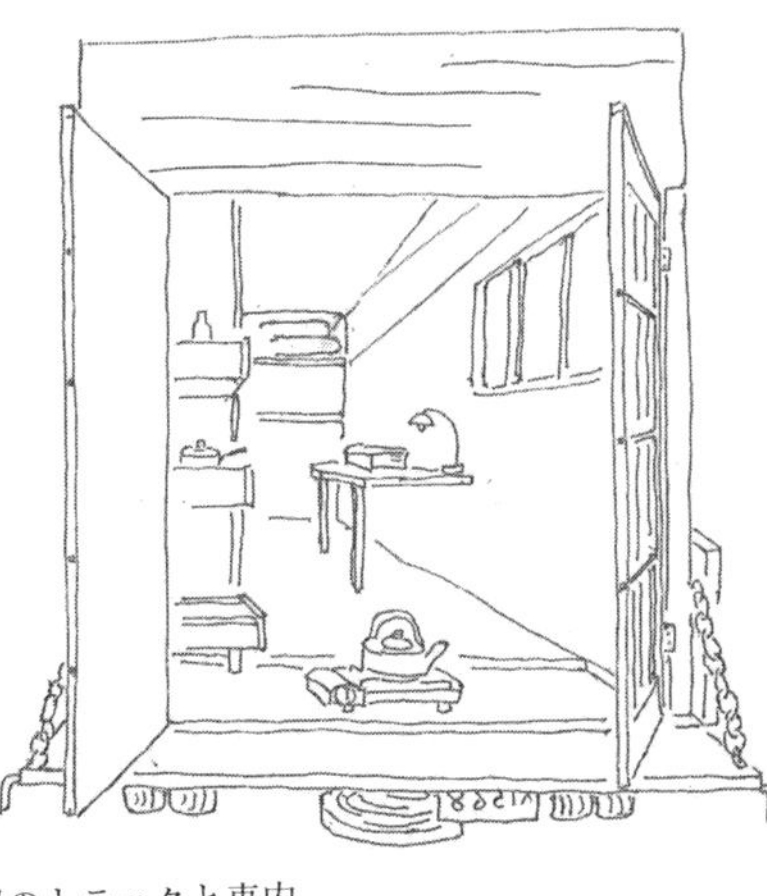

稲垣尚友愛用のトラックと車内

稲垣氏は飄々として講演し、日奈久での数日間を過ごしてから帰って行かれた。

最初述べたようなことを、改めて言っておきたい。つまり、本書の語り手・半田正夫氏は、稲垣氏のこうしたマイペースの生き方を全身で感じ取り、受け止めているから、無条件の信頼を寄せたのではないだろうか。半田氏は、学問などした人ではない。しかし、自らの人生行路の中で数々の困難に遭遇した際に、誰の考えでもない、自らの思考と判断とを駆使して乗り越えてきた。一方で稲垣尚友氏ははじめ普通に大学生として生活していたものの、そうした生き方に根底的に違和を持ち、遍歴・放浪するに至った。社会の底辺をさすらう中から島と出会った。島という生活空間を永年にわたって経験するうちに文字から遠い自分と文字を必要とする自分、この矛盾を両方とも抱え込んで生きるのだという確信を得た。二人に共通するのは、借り物でない、自分の力で得た行動・思考である。半田正夫氏は、多分、稲垣尚友氏の中に湛えられているそのような力強いものを、それこそ動物的な勘で見て取っていたのである。きっとそうだ、とわたしは思う。この二人のことは、怪人ならぬ「快人」と呼んでみたい気持ちである。

（作家）

おわりに

戦場での半田さんと復員後の半田さんには、何の落差もない。生死の境を歩いた日々を語る場合でも、たえず、いまある自分を切り離しては語らない。それだから、説諭が優先することもなく、聴き手は話に吸いこまれていく。

戦場にあって食材を徴発する場面で、周囲の兵に豚や鶏を追わせて、自分は陰に身を隠して、近くに逃げこんできた鶏を棒で足払いをして捕まえたり、槍で射ぬく役をかってでている。その現場の主人公が最下層であるかどうかは関係ない。銃剣術にたけた腕白兵の印象が先に立つ。同時に、原住民の大切な食料を奪う後ろめたさや、日々の食材として体のあちこちを少しづつ切り取られながらも、兵に曳かれていく豚を哀れに思う。半田さんを出征兵と決めつけるのに躊躇するほど、漂流者として戦場に赴いている。これほど心を全開にして戦場体験を語る人は多くないだろう。

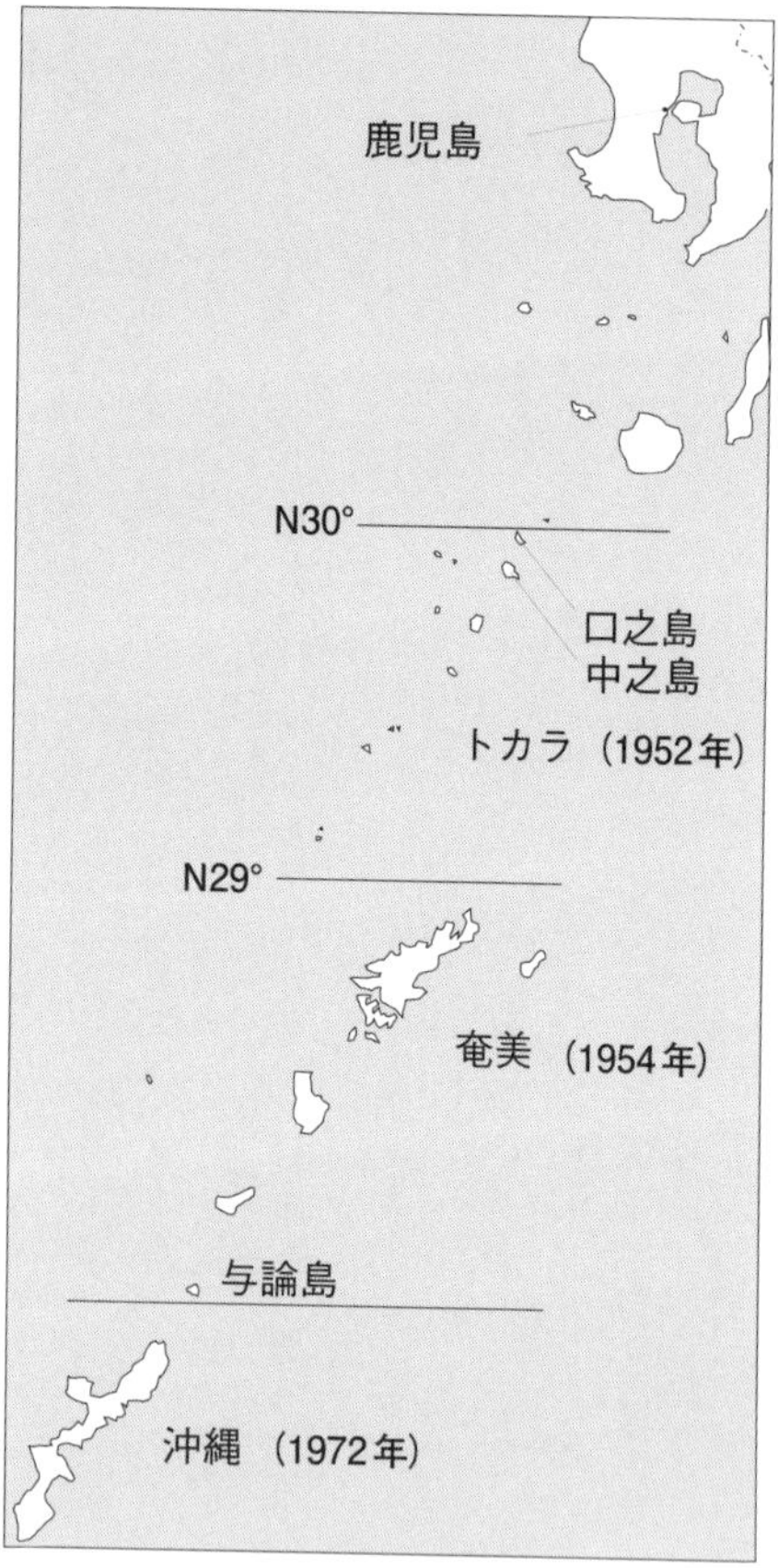

（　）内は日本復帰年

　そうした日常が、戦後は開拓者集団のなかで活かされていく。中之島（鹿児島県トカラ諸島）の開拓団に入っても、頼まれもしない下仕事を先頭になって引き受けている。北緯三十度線で日本から切り離されて米軍の統治下に入った南の島々にあって、本土との往来が厳しく制限され、親戚縁者との面会もままならない。船も通わず、日用品にもこと欠いた。米民政府からの支援も当てにできない。自力で道を開くしかない。

　半田さんは多くの開拓者たちと共に活路を模索する。なかでも傑作なのは、現金収入を得るために密貿易に手を出したことだった。船着き場もない、小舟の一艘も持っていないなかで、筏を組んで、沖掛りする密貿易船の荷を揚げ降ろしして、荷役賃を稼いだ。怖い物知らずである。日本に復帰してからも変わらず動き回る。開拓農家組合の長として、あるいは村会議員として、人の面倒を見るのに忙しかった。

半田さんは苦境というコトバを使わない。語ることが好きな半田さんは、同じ体験を何回か繰りかえし喋っていくなかで、使うコトバが選り分けられ、それがひとつの物語となっていく。半田さんは民話の作り手であり、語り手でもあるようだ。

最後になってしまったが、前山さんの「快人二人」に触れておきたい。氏が人吉盆地の水上村で教員生活をしているときの思い出を筆者に語ってくれたことがある。家庭訪問の機会があり、同村の最奥の集落である古屋敷を訪ねたときの話しであった。生徒の家は市房山系の山裾にあった。前山さんはその家の佇まいを、わが事のように微笑んで語ってくれた。「いやあ、庭の手入れも行き届いていてねえ、ていねいに住んでおられた」。その家の先を上っていけば標高千メートルほどの不土野峠があり、越えた向こうは椎葉村である。

前山さんは、人の往き来も稀な山中に大宇宙を見つけたような、驚きと喜びを満面に浮かべていた。氏は仙人暮らしを推奨しているのではない。隅の方にあって、自らのリズムで暮らす住人への共感である。その情感が半田さんにも向けられているようで、わたしはうれしかった。

二〇二一年一月

稲垣尚友

〈著者略歴〉

稲垣尚友（いながき・なおとも）
一九四二年生まれ。トカラ諸島（臥蛇島、平島）での暮らしをへて、現在、竹細工職人。著書に『密林のなかの書斎――琉球弧北端の島の日常』『十七年目のトカラ』（以上、梟社）、『山羊と芋酎』『悲しきトカラ』（以上、未來社）、『青春彷徨』（福音館）、『日琉境界の島　臥蛇島の手当金制度』（CD版本　NJS出版）、『灘渡る古層の響き――平島放送速記録を読む』（みずのわ出版）、『臥蛇島金銭入出帳』（ボン工房）などがある。

戦場の漂流者・千二百分の一の二等兵

二〇二一年二月二十八日発行

著者　稲垣尚友（いながきなおとも）
発行者　小野静男
発行所　株式会社　弦書房
（〒810・0041）
福岡市中央区大名二―二―四三
ELK大名ビル三〇一
電話　〇九二・七二六・九八八五
FAX　〇九二・七二六・九八八六

組版・製作　合同会社キヅキブックス
印刷・製本　シナノ書籍印刷株式会社

ISBN978-4-86329-222-2　C0021